Trojanisches Klavier

oder

„wie es nicht gewesen"

AF140893

Dieter Scheidig

Trojanisches Klavier

oder

„wie es nicht gewesen"[1]

Zwei Wunschnovellen

Zweite, durchaus verbesserte Auflage

Rudolstadt, Januar 2023

---

[1]Rainer Maria Rilke an Ellen Key, 14. Februar 1904

Bibliografische Information der Deutschen Nationalbibliothek: Die Deutsche Nationalbibliothek verzeichnet diese Publikation in der Deutschen Nationalbibliografie; detaillierte bibliografische Daten sind im Internet über http://dnb.dnb.de abrufbar.

Abbildung des Umschlages: Ölbild im Besitz des Autors, Repro: Dieter Scheidig

Lektorat der Erzählung „Liebe verpflichtet (…)" : Jörg F. Nowack, Timo Kölling

© 2022 Dr. Dieter Scheidig

Herstellung und Verlag: BoD – Books on Demand, Norderstedt

ISBN: 978-3-7347-8804-8

Der Zeitverschüttung entreissen!

Dem Andenken des Bruders meines Vaters

WERNER   PAUL SCHEIDIG

Geboren 29. Juli 1922 in Volkstedt bei Rudolstadt

Gefallen 19. Januar 1945 zu Zetten (NL)

Vom Erstbestattungsort Valburg umgebettet nach
Ijsselstein

Block AO, Reihe V, Grab-Nr. 116

R. I. P.

Es geschieht zu jeder Zeit etwas Unerwartetes;

unter anderem ist auch deshalb das Leben so

interessant.

Marie von Ebner-Eschenbach

Das magere Spannungsfeld der folgenden Seiten ist die Wandlung von Hoffnung zu Verzweiflung und deren Überwindung. Auch die Protagonisten werden kurz vor dem Ende des durchgehend pessimistisch angelegten Plots wissen, das Unmögliches begehrt wurde - aber da nützt es natürlich nicht mehr viel, la comedia finita. Fehlgeschlagene Erwartungen schmerzen, indes: Der Nutzen fällt in viele Formen, nicht nur mit Unbedingtismus in die der Erfüllung!

....

Es beginnt

Wir befinden uns in diesen trockenen, warmen Frühjahrstagen des Jahres 1926. Auf der gartenseitigen Freitreppe einer Villa spucken schwitzende Dienstmänner geräuschvoll tiefbraunen Priem-Saft aus. Wir sind nur passive Beobachter, wissen nichts, können nichts, sind relativ verblüfft und zur völligen Un-Aktivität verurteilt. Woher wissen wir eigentlich, dass wir uns im Jahr 1926 befinden? Der Abreißkalender im Flur mit der werbenden Aufschrift „ARBA-AG" verrät es uns. Dieser sagt überdies auch noch mit guter, trefflich deutscher Gründlichkeit den Tag: Es ist Freitag, der noch belanglose 23. April. Seit Wochen regnet es nicht. Durch breite, grobgewebte und schmutzfarbige Transport-Riemen gehalten, welche sich die sechs schwitzenden und spuckenden Männer in weiten Schlaufen um ihre Schultern gelegt haben, schwebt eine flache, in graue Decken gehüllte, sehr große Kiste fast schwerelos durch eine weit geöffnete Flügeltür. Die Männer haben unerinnerliche, gleichgültig - graue Gesichter und tragen fleckige Schirmmützen. Es sind eben schwitzende Dienstmänner! Eine helle, glockenhafte Stimme ertönt laut: „Bitte folgen sie mir, der Flügel kommt in das Kuppelzimmer!" Die das sagt, heißt Frau Sylda (es ist indes eigentlich völlig belanglos, dass Frau Sylda Frau Sylda heißt), trägt ein knielanges, adrettes, braunes Chiffon-Kleid, ist unbestimmbaren Alters und die Haushälterin von Herrn Dr. Ing. A. Stoppel. Sie öffnet eine Glastür: „Bitte sehr, spucken sie jetzt nicht auf die Teppiche! Isses Ihnen so recht, Herr Doktor?" Der so Angeredete ist in einen kimonohaften, sehr bunten Hausmantel gehüllt und raucht gerade seine Morgenzigarette, Marke „Kyriatzi". Sein schmales Gesicht scheint von Schmissen zerhackt und wirkt wie aus unterschiedlichen Materialien zusammengesetzt. Ein Provinz-Akademiker? Bums! Klirr! Die Männer setzen das Instrument auf dem dicken Perser-Teppich ab, die Saiten schwingen leicht, wie ein sehr disharmonisches Orchester.

„Schraubt die Beine noch an, Männer, nicht das *ich* das noch machen muss!" sagte Stoppel mit starker sächsischer Sprachfärbung. „Sowas haben wir im Feld alleine an der Uhrkette getragen. Die drei Dinger fix anschrauben, dann geb' ich ne gute Kippe aus, Front-Kameraden!" Kurze Zeit später greifen die Träger mit ihren schwarzen, klebrigen Fingern bereitwillig in die ihnen hingehaltene, flache gelbe Papp-Schachtel, auf der ein rauchender Türke nebst verzierter Schischa bunt - lustig dargestellt ist. Sie entnehmen jetzt jeder verlegen eine dieser ovalen, duftenden, filterlosen Zigaretten. Streichhölzer zischen. Prompt durchziehen den Raum aromatische Rauchschwaden, die sich mit dem Eau de Cologne des Kimonoträgers und derben, beißenden Schweiß- und Körpergeruch der Träger vereinen. Die naserümpfende Sylda bringt auf Anweisung von Stoppel unwillig Flaschenbier. „Muss er immer schützengraben-haft fraternisieren?" fragt sie sich in ihrem sächsisch-kleinstbürgerlichen Hirn. Halt auch nur ein sehr schlichtes Leutehirn!

Plopp! Plopp! Die Bügelkorken aus weißem Porzellan schnippen durch den Daumendruck mit leichtem Knall nach hinten. „Wo wart'n ihr vor zehn Jahren?" Einer antwortet mit arg schielendem Blick: „Gerade aus'm Lazarett entlassen!

Ich habe beim' „Toten Mann"[2] eine vor die Plauze bekommen. Seitdem ha ich änn Holzauge!" Alle lachen. Manche lachen bekümmert. Wir, als Beobachter der Szenerie wundern uns indes über die Gegenwärtigkeit des Erlebens vor zehn Jahren im Gespräch der Männer. „Los! Ab jetzt, Kameraden!" unterbricht Agnus Stoppel die Rauchrunde. Von ferne klingelt nämlich schrill der Hausanschluss des Inhabers der „ARBA-AG".

Nach kurzem Telefonat wendet sich Stoppel mit hochgezogenen Augenbrauen an die Sylda: „Der scheußliche Nudelmeier - Klimper - Kasten ist von meinem zukünftigen Schwager?" „Jawohl, Herr Doktor, der Transportschein ist auf Otto Leodatus von ..."

„Verschonen sie mich bitte, bitte mit der Vollständigkeit dieses ungeheuerlichen Namensungetümes!"

Stoppel verzog beim Sprechen sein Gesicht. „Der Flügel is aus Freiburg vom Otto und das Geburtstagsgeschenk für das gnädige Frollein." „Hmmmm!" „Das Expertisen - Beiblatt spricht von Clara Schumann, geborene Wieck, als ehemaliger Besitzerin. Sie wissen, wie sehr Fräulein Senta die verehrt." Bei der Erwähnung dieses Namens verklärte und glättete sich das Gesicht von Agnus für Sekundenbruchteile.

---

[2] Ein heftig umkämpfter Höhenzug auf dem westlichen Maas-Ufer während der Schlacht um Verdun, 1916

„Von mir aus kann auch der Kaiser von China letzter Besitzer der Kiste gewesen sein!" Der bunte Kimonoträger wirkt sofort wieder verspannt, winkt kurz ab und zieht einen sauren Flunsch. Er lässt keinen Zweifel daran, wie unerhört unsympathisch ihm sein künftiger Schwager ist. „Geben sie dem neuen Chauffeur Bescheid, ich muss gleich ins Werk fahren! Er soll draußen auf der Straße warten. Sie bereiten bitte das heutige Diner für Sentas Geburtstag vor". „Seit Tagen tu ich nichts anderes!" Der Doktor dreht sich jetzt weg. Frau Syldas Augen werden schmal und schwarz.

Nach dreißig Minuten rauscht der kürzlich kreditierte, schwarzdunkle Neuwagen aus der nahen Autometropole Zwickau davon. Übrigens ein turmhoher, sehr kantiger, geschlossener Kraftwagen mit doppelten Nickel-Stoßstangen und einem durch kurze Dachverlängerung gebildeten Sonnenschutz unmittelbar über der Front-scheibe. Leichter Benzingeruch und Schwaden von grauem Rauch blieben zurück ...

Die Vergangenheit verliert sich - das Bühnen-Szenario wandelt sich in die Apriltage des Jahres 2018.

Es beginnt erneut

Luis Raber beobachtete ratlos die schmale Sichel des zunehmenden Mondes. Heute früh war er doch indes an einer ganz anderen Stelle über der Landschaft zu finden? War es später als gestern? Eben stand er doch noch über dem sehr schiefen Schornstein des Nachbarhauses. Oder war das bereits vor Tagen? Dieser merkwürdige Planet ... rast beständig durchs All, von seinem eitrigen Trabanten ständig und anhänglich begleitet und wir machen uns hier große Gedanken. Es ist doch alles so sinnlos! Sinnlos! So derart sinnlos, dachte Raber in einem seiner sehr häufigen philosophischen Primitivo-Anfälle, und spuckte geräuschvoll aus. Wer bist du, Luis, der du hier mit rast ... für Sekunden ... Sekundenbruchteile ... Begreifst du das mystische Moment? – Worthülsen, reine Worthülsen und transzendent scheinende Allerwelt-Weisheiten ... nur Binsen: in letzter Instanz nur unfassbar schwachsinnige Binsenweisheiten ... immer den überfordernden Spagat zwischen Größe, Anmaßung und Einfalt beinhaltend ...

Gerade noch hatte er von seiner Ex-Frau Jördis einen Anruf erhalten. „Fick dich ins Knie" waren ihre letzten Worte, ehe *sie* zischend das Telefonat unterbrach. Eine Meinungsverschiedenheit? Unhöflich! Miststück! Es scheint Zeiten im Leben zu geben, in denen wir uns intensiv bemühen, etwas zu erreichen. Erziehlt wird indes das Gegenteil. Sagte bereits Carl G. Jung! Wenn nun der es sagt, stimmt es ...

Emotionale Pest! Oder war *er* einfach nur unfähig? Wohin geht diese Reise? Was ist der höhere Sinn hinter al dem, was tagtäglich passiert? Was ist die Rolle jedes Einzelnen? Wenn ihm doch nur ein Glück erführe ... ein unerhörtes, finanzielles Lebens-Glück: Mal kein pechvogelnder Konformist in den Zeit-Winden sein, einmal nur zu den Glückspilzen gehören ... Ja, so primitiv war Luis, dass er die Wirkung und das rasche Um- und Verwandlungs - Ergebnis von Geld als ein erhebliches Lebens-Stimulans schätzte, ungemein wertschätzte: Als das wohl Höchste, als das absolute Movens, was diese irdische Existenz wohl zu bieten hatte. Der schwarze Dackelmischling stupste ihn jetzt feucht mit seiner Ledernase aus seinen banalen Gedanken heraus: Ein wirklich schöner Hund, so der kritisch-lustige Raber-Freund Raik Werbig, welcher „größer wirkt, als er aussieht". Luis konnte sich ständig über diesen fast behämmert scheinenden Gag ausschütten vor Lachen. Diese Pointe war wunderbar!

Er nun hob das Tier auf ein unbequemes, hochbeiniges Bett und schaute ihn nachdenklich an: „Bist du ein Hund?" fragte er das Tier, Patkul benamt.

Der Hund blickte aus seinen sehr glänzenden, nussbraunen Augen ruhig und sehr wissend zurück. „Oder bin ich der Hund, und du bist der Mensch? Bin ich dir ein gutes Herrchen?" Er fragte seinen Hund dies häufig. Luis dachte daran, dass auch dieses eigene Bemerken von Raik Werbig immer mit einem ins Zynische fallenden Sprach-Spaß quittiert wurde: „Vor allem, Luis, bist du dir selbst ein gutes Herrchen ... Vor allem!"

Die Information

Pieeeep! Luis Raber (54) und sein wirklich x-beiniger Dackelmix (4) bekamen von der lieben und dabei überhaupt nicht mütterlich erscheinenden Facebook-Freundin Edita Oborska (75) aus der Nachbar-Stadt Vierheim eine Watsapp mit einem Link zu einer Ebay-Kleinanzeige auf sein markenloses Phon:

....

Antiker Flügel, A. Bretschneider, Sammlerstück. Kostenlos.

Wir verschenken einen alten Flügel der Marke A. Bretschneider mit der Seriennummer 1961 (Baujahr Ende des 18. Jahrhundert). Der Flügel müsste generalüberholt werden, um ihn spielbar zu machen. Daher handelt es sich im jetzigen Zustand eher um ein Sammlerstück/Dekoflügel.

09323 Renig, Krautstraße 60, Haus Sommersberg, Bertram Formfett

....

Die üblich unscharfen, grob verpixelten, licht- und aussageschwachen Bilder der Anzeige zeigten ein elegantes, wenngleich abgeschrappt - furnierblasiges Tasteninstrument der 1850er Jahre ...

Der antiquitäten-affine Sammelfanatiker Raber, durch ständige, lange Museums- und Flohmarktgänge punktexakt einschätzungstrainiert, erkannte indes sofort einen eleganten, hellen Flügel seiner Lieblingszeit, nämlich der schönen, trügerisch sicheren Mitte des 19. Jahrhunderts. Der Lapsus im Anzeigentext - „Ende 18. Jahrhundert" - passierte *ihm* selbst letztmalig vor über langen dreißig Jahren als blutjunger Nachtwächter auf der ortsprägenden und dominanten Orsburg, welche schroff und ewig plump seit Renaissancezeiten Einstädt überragt. Seit der höhnischen Korrektur im süffisant-eitlen akademischen Stimmtimbre durch den elf Jahre älteren Mitarbeiter der Chefetage, Herrn Benkel, passierte ihm dies just nicht mehr ... Nie mehr! Nie!

Der Raber nun alarmierte prompt seinen mengenmäßig sehr bescheidenen Freundeskreis, um diese vorgebliche Okassion zu nutzen und fuhr nur Stunden später mit der alten, imposanten Limousine und Werbig, Raik Werbig, welcher großmäulig auf die technischen Komponenten des Transportes achten wollte, ins westsächsische Renig: Diese Stadt, die so zersiedelt aussah, als hätte jemand einen Eimer Wasser ausgegossen, war noch vor 100 Jahren gebauter, wegweisender Fortschritt: „Das war mal der Intershop Deutschlands!" meinte Luis' geschichtsklügelnder Co-Pilot mit hochgezogenen Augenbrauen. „Hier wurden mal Weltprodukte her-gestellt.

Hochmoderne Waschmittel, Seifen, feinste Papiere für den Druck von Banknoten und flott knatternde Motorräder!"

Hatte Raik vorher gegoogelt oder sog er sich das vermeintliche Wissen aus den Fingern?

Raber war verwundert und unsicher, denn der Raik-Werbig-Superschlau hatte auf jede, auch noch so beiläufig gestellte geschichtliche Frage eine lange, eloquente und relativ apodiktische Antwort. Vielleicht hatte er auch nur eine wirklich blühende Phantasie, gepaart mit ausreichend substantiellem Grundwissen?

„Im Ruhrgebiet wurden riesige Eisenräder gegossen und gigantische Kessel genietet, in diesen sächsischen Klein-Quitschen dagegen Dinge hergestellt, die man täglich brauchte: Zahnpulver, Süßigkeiten und Zellstoff! Sogenannte inferiore Waren!"

In einer am zerpflückten und abgefegten Stadtrand beginnenden Landschaft von räudigen Kleingarten-anlagen und DDR-zeitlichen Sportstätten fanden sie die riesige, vereinzelt stehende Villa. „Krautstrasse 60! Da isses!" sagte halblaut der mitfahrende Werbig und zeigte auf ein bröckelndes, separiert stehendes Torhaus. Durch ein rostiges Jugendstil – Torgitter schauend, sahen Luis und Raik unter noch blattlosen Kastanien eine Villa im Formgemisch von Berliner Reichstag und Grusel-Gruft. Villa Sommersberg! Das ist der Sommersberg!

„Da siehste ma, was es hier um 1900 für ein Mehrprodukt gab!" Auf der gartenseitigen Freitreppe des großen Hauses trafen sie Herrn Formfett, neuer Besitzer von Haus und Instrument. „Sie kommen wegen des Klaviers?" sagte der kleingewachsene Träger eines blauen Arbeitsanzuges lächelnd-eifrig, schlenkerte mit seinen dünnen Ärmchen und versuchte, leicht enervierende Höflichkeit zu verüsprühen. Werbig raunte: „Dies ist wohl das Männchen, das im Märchen die Scheiße verteilt!"

„Ja, er ist noch da!" Der Mann sprach unaufhörlich: Herr Formfett wollte den Flügel, wenn er nicht bald abgeholt würde, weiß streichen, in den Garten stellen und bepflanzen. So sagte er.

Auf abgescheuerten, im Verlauf ihrer wohl hundertjährigen Benutzung Laufspuren und Pfade gebildet habenden, jetzt sehr stark farbbekleckerten Perserteppichen lief die kleine Gruppe über einen langen Flur in den Raum, wo der Flügel unter hoher Stuck - Kuppeldecke sein staubgraues, traurig-unbespieltes und einsames Dasein fristete. Luis Raber nickte, heimlich begeistert und befriedigt! Ein tolles Instrument! „System Erard!" dachte er befriedigt … Gern, nur allzu gern bewunderte Luis seinen eigenen Scharfsinn!

Der Transport wenige Tage später war für das verzagte, kleine Häuflein um Luis und Raik eine sehr knapp bewältigte, gewaltig gewichtsintensive Verzweiflungstat. Da half es auch nichts, dass Luis den Flügel-Deckel, die Pedale und die Tastenabdeckung mit geschickten Griffen abmontierte. „Schwer wie Hund" keuchte Raik! Auch Luis brummte der Rücken.

Dieser optisch wirklich mit einem Salonmöbel der Spätbiedermeierzeit konkurrieren könnende, hochelegante Flügel wurde nach der 150 Kilometer langen Fahrt stöhnend und ächzend in der unheizbaren Treppen-Halle der zerschrammten Bröckelputzvilla am Stadtrand von Einstadt positioniert.

Raber wohnte allein in diesem riesigen, aber völlig verkommenen Gebäude, von welchem er in den beginnenden 1990er Jahren durch einen halbherzig gestellten, aber sofort erfolgreichen und rasch beschiedenen Restitutionsantrag an die neuen und unerfahrenen BRD-Behörden Eigentümer wurde.

Diese einst schöne Villa wurde ihm nun von seiner alten Großtante Alice vererbt, welche in dem Gebäude noch bis Ende der 1980er Jahre gewohnt hatte, obwohl es ihr nach geltenden Recht längst nicht mehr gehörte: Die städtische DDR-Wohnungswirtschaft enteignete die Tante schlicht mittels hohen Zwangs-Sanierungs-Hypotheken.

Als die Summe der Darlehen den sogenannten DDR - „Verkehrswert" des urban ungünstig gelegenen, fleckigen Kastens überstiegen, erfolgte die formelle Enteignung im schier wunderbarsten ersten Arbeiter- und Bauernstaat. Die drohte jetzt indes auch unserem verbummelten Luis durch schier unerfüllbare Auflagen der Kreisdenkmalpflege: Der Bau war mit Efeu, Knöterich und wilden Wein bis zur Konturauflösung üppig bewachsen, Dachziegel und ein uraltes Spaliergitter fielen auf die Straße und ebendort parkende West-Autos ... Ein Endlosstreit mit den unnachgiebigen und bösartig scheinenden Behörden tat sich höllenschlundgleich auf ...

Der doch ohne jedes schlechtes Gewissen traditionell recht faule Luis Raber schlief täglich bis in die späten Vormittagsstunden, schrieb lieber an seinem nie fertigwerdenden Erstlingsroman „Der Rat der Hühner" und tat wirklich wenig für des eigenen Hauses schöneren Aufputz.

Er erinnerte sich noch sehr intensiv, wie sein Vater, der alte Ludolf Raber, den im Villenobergeschoss stehenden, tief-schwarzen Steinway-Flügel im Jahr 1985 während der Abwesenheit von Luis (er leistete gerade seinen „Ehrendienst" als Sandlatscher der Nationalen Volks- armee im beglückenden Eggesin im nördlichsten Norden

„unserer" Republik) an den Antikhandel Pirna[3] verkaufte. Auf seine maulende Beschwerde darauf hörte er nur den cholerischen Alt-Raber heiser schreien: „Kannste Klavier spielen? Nä! Willst du de schwere Kiste runterbuckeln, wenn de Ällis ma tot is?? Nää!!"

Das wurmte unseren noch jugendlichen Helden indes gar sehr und erzeugte in ihm eine lange und starke, fast manische Flügel – Entbehrungsneurose ... Ist alles fanatische Sammeln nun durch eine Neurose bedingt? Oder ist es Fetischismus? „Kein Glück ohne Fetischismus." Sagte ja übrigens bereits Adorno ...

---

[3] Ein DDR-Unternehmen von Schalk-Golodkowskis „Ko-Ko".

Der Spuk

Bereits in der ersten Nacht war es da. Besser gesagt, *sie* war da. Luis hatte am Abend Bier getrunken. Viel Bier! Er tat das jeden Abend. Wieder und wieder! Auch schlief er dadurch rasch gegen einundzwanzig Uhr ein, um dann zwei Stunden später, dringend pinkeln müssend, aufzuwachen. Ohnehin mit zunehmendem Lebensalter schlecht und mit beachtlichen nächtlichen Unterbrechungen schlafend, ging er in seinem langen Nachthemd, übrigens darüber den karminroten, mit kleinen silbernen Sternen gemusterten Hausmantel, zum nächtlichen Flügel; einfach, weil er jetzt und gerade einen Freu-Anfall über das schöne Instrument empfand und sich des alten Klang-Kastens optisch vergewissern wollte ...

Da stand er! Im größten Raum des Hauses! Am Ende der geschwungenen Holztreppe mit ihrem schönen, aalglatten Handlauf. Er schritt bedächtig die leicht altersknarzenden Stufen hinab. Massiv und gleichzeitig elegant stand das Instrument im Dunkel der großen Haushalle. Es sah jetzt schwarz aus.

Dunkelschwarz! Schwarz und leicht böse. Wie ein sehr düsterer, bedrohender Katafalk. Luis Raber wunderte sich über diesen anderen, völlig veränderten Eindruck, den die des Tages doch heiß begehrte Kiste *jetzt* auf ihn machte.

Die Standuhr aus den 1930er Jahren im oberen Flur machte jetzt, in dieser Minute, ihren gedämpften Westminster-Mitternachts-Spektakel.

Unmittelbar nachdem sich das Tosen der Klangstäbe gelegt, geschah zur großen Verwunderung von Luis folgendes: In den letzten, nachsummenden Ton-Abklang der Standuhr mischten sich sehr leise, kaum hörbare, hohe Klavier-Akkorde. Intiutiv wusste er: Schubert[4]! Gut, dachte er, „du verträgst das Bier nicht mehr!" und er wendete sich zum Gehen. „Scheißböhmisches Billigbier!" murmelte er, in seinem Schlafzimmer angekommen. Nachdenklich plätschernd urinierte er in das emaillierte Nachtgeschirr. Sein Hund schlief im Bett. Unruhig und zuckend fiepte er im Traum.

„Patkul, ruhig!", sagte Luis herzklopfend zu dem zitternden Tier und tätschelte dessen langen Fang, um seiner eigenen Nervosität und Angst Herr zu werden. Er und der Hund wurden nach kurzer Weile indes durch ein hartes hölzernes Knallen hochgeschreckt. Es war, als würde eine schwere Tür laut zugeschlagen. Danach Ruhe, die bleischwer auf Haus und Stimmung lag.

---

[4] Übrigens das Rondo aus der Sonate D. 959 A-Dur aus dem letzten Lebensjahr des Komponisten: Gemeint ist die Stelle mit der akkordausfüllenden Tonfolge in kurzen Notenwerten als melodische Variation im Diskant ... diesen perlenden Ketten im Diskant ... wuuuunderbar ...

Herzklopfen bei Luis! Waren Einbrecher unterwegs? Eher unwahrscheinlich! Das Erdgeschoss seiner Gerümpel-Villa war durch ständig geschlossene Fensterläden und klobige Kastenschlösser gesichert. Und wenn doch? Luis ängstigte sich leicht.

Noch war der Hund unruhig, wurde aber zusehens entspannter. Rasch wieder im Tiefschlaf, blaffte und schnaufte er nun zufrieden. Die zögerliche Turmuhr des frühbarock-plumpen Einstädter Residenzschlosses Orsburg schlug durch das offene Schlafzimmerfenster gut hörbar und scheppernd ein Uhr, die Tonstäbe seiner Westminster-Standuhr im langen Flur Sekunden später auch.

Nach diesem auf die Nacht folgenden Tage, der mit wirren Beschäftigungen, absichtlicher Dunkel-Vergessenheit, Verdrängung und völlig Alltäglichem angefüllt, ging Luis erschöpft zu Bett.

Patkul hüpfte bereits Minuten vorher erwartungsvoll in das zu kurze, hochbeinige, sehr alte Holzbett, in welchem Herr und Hund des Nachts stets eng aneinander gekuschelt schliefen. Zweisamkeit ist eben immer besser als Eisamkeit. Die ungeheuere, fast schlangengleiche Dackel-Länge tat, unaufwendig mit einem gekonnten Griff in die anatomisch passende Position gerückt, dem schmerzenden Rücken unseres klaviergeilen Helden sehr gut; der menschenbezogene Hund, wissend um seine eigene Lebenserwartung, war froh, nicht in irgendeiner hofbefindlichen, eiskalten Hundehütte schlafen zu müssen. „Wenn ich eine Hutzel-Galapagos-Schildkröte oder ein bunter Piraten-Papagei wäre, würde ich mir den Zwinger durchaus gefallen lassen! Da würde ich ja mit meinem methusalemischen Alter mehrere Herrchen verschleißen! Aber so? Mit meinen vielleicht fünfzehn, höchstens zwanzig (seine Hund-Omi erreichte dieses Alter!) zu erwartenden Lebensjahren?" So dachte Patkul in seinem antik formschön geschnittenen, stromlinienförmigen Hundekopp. Und sein Herrchen hatte darüber auch nur eine minimal unterschiedliche Denke. Der Hund gab unserem durchaus einsamen Luis Bettwärme. Seit der übereilten Scheidung von der flotten Jördis vermisste er diese sehr. Und seit seiner ärgerlichen Scheidung von dieser Kurzzeit-Ehefrau (die übrigens danach rasch und eitel wieder ihren wohlklingenden Geburtsnamen einer französischen Ballonfahrerin des 18. Jahrhunderts annahm) vor 16 Jahren, kam er nie mehr in einen Beziehungstopf hinein: Und so war ihm ein Hund von der Internetseite „Dackel in Not" als Fell-Wärmflasche und Seelen-Not-Begleiter sehr, sehr willkommen. Das alles sollte eigentlich nicht erzählt werden und gehört nur peripher, beziehungsweise überhaupt nicht zum jetzt abzuhandelnden, wirklich passierten Spuk-Klavier-Plot ...

Rasch schlief er – diesmal nach einem dreiviertel Liter wirklich preiswerten, leicht perlenden, vorjährigen Riesling aus dem bekannten Billig-Kaufmarkt mit vier Großbuchstaben (2.- Euro a Bouteille) – gegen 21:30 Uhr ein. In unmittelbarer Kopfnähe blaffte und fiepte Hund Patkul wieder leise im Schlaf und gab Raber das gute Gefühl, nicht von sämtlichen, lebendigen Geschöpfen verlassen zu sein.

Um Mitternacht wurde es urplötzlich kälter, er kroch mitsamt seinem vielfach geflickten Leinen-Nachthemd aus dem Gründerzeitbett mit den gedrechselten Kugelköpfen auf Kopf- und Fußteil zum nahen Fenster, um dessen klapprigen Rahmen-Flügel, vorsichtig anhebend, zu schließen. Flügel? Wie auf gedankliche Bestellung hörte er aus der Richtung der Türseite seines Schlafzimmers kommende Klavier-Musik-Geräusche.

Hohe Oktaven wurden leise geklimpert! „Neeee!!! Nich schonne wieder!" dachte er angstvoll, beim angstvollen Denken in seinen Heimatdialekt fallend. Seine Knie waren aus Watte. Diesmal blieb er furchtsam im Zimmer. Pünktlich um halb eins krachte es wieder fürchterlich. Es mutete an, als sei der Deckel des Flügels auf den Instrumentenkörper gefallen...

Das erste Menschenwesen nun, mit dem Luis über dieses Phänomen sprach, nachdem er sich zuerst bei seinem schwarzen Hund ausgejammert hatte, war die wirklich lebenserfahrene, geprüfte Oborska im Nachbarort.

Die graue Edita schien sichtlich besorgt. Sie sagte: „Ich hatte das auch schon mal!" Sie ging in die Küche und machte einen Kaffee. Editas liebes Katzengesicht sah plötzlich grau und faltig aus. „Ich habe dir die Anzeige geschickt", sprach sie bekümmert.

„Weißt du, Luis, ich hatte diesen Effekt mal bei einem Paar." „Wie? Bei einem Paar?" „Bei einem Gemäldepaar! Ein Ehepaar. Pastorenehepaar um 1840!" „Was ist dir da passiert?" fragte Luis, nur mäßig gespannt.

Er hatte in diesem Fall hohes und wirkliches Interesse nur an seinem eigenen Spuk. Die Oborska begann mit ihrer schönen, gepflegten Alt-Stimme im Schauspielschul-timbre zu erzählen:

„Ich kaufte um 2010 auf dem gewaltigen Antikmarkt in Leipzig-Markleeberg von Händler-Würstchen aus West-deutschland zwei großformatige Portraits aus den 1840er Jahren. Wie sich herausstellte, sogar von einem bekannten Maler und Lithographen, Robert Geißler. Der hatte sogar mal ne große Landesausstellung in Hannover und steht im Thieme-Becker." „Du wolltest mir doch eigentlich wohl eine Spukgeschichte erzählen, herzliebe Edita, und keinen kunsthistorischen Vortrag halten", unterbrach Raber die einstige Aktrice des Vierheimer Stadttheaters. „Nu hör mir doch ma zu!" sprach sie zu Luis vorwurfsvoll und unter bewusster Verwendung der leicht schlampig anmutenden Sprachfärbung Vieheims: „Ich kaufte also die zwei Portraits, welche mit einem aufgeklebten alten, handbeschriebenen Zettel versehen waren. Endlich zeigte Edita ihrem Gast auf ihrem piekfeinen modernen Computerbildschirm das Foto einer Gemälde-rückseite: „Pastor Kraut, verh. mit Mathilde Kraut geb. Lühring, deren Tochter Ellen Kraut in Eikleloh bei Ahlden" „Und weiter, Edita??!" „In der Nacht hörte ich leises Weinen, welches von den Bildern auszugehen schien. Intiutiv begriff ich: Das Bild des Töchterchens hatte ich vom Flohmarkt nicht mitgenommen, es war mir zu teuer und ich hatte auch nicht genug Geld mit. Am nächsten Tag, Sonntag, raste ich nochmal hin, in der angstvollen Hoffnung, die Kraut-Tochter von den beiden Entrümpler-Ganoven zu bekommen. Ich musste sie aus deren Fängen erlösen", sprach sie pathetisch. Sie deutete mit großartiger Geste hinter sich. Dort hingen die drei Portraits in Reihe. „Seit diesem Zeitpunkt ist Ruhe!"

Raber meinte, leicht verstimmt und sich des ungerechten Inhaltes seiner Bemerkung bewusst seiend „Dafür haste wohl ä Händchen, Edita!" Sie schwieg kurze Zeit beleidigt. „Ich hätte dir auch garnix erzählen müssen!"

Das wiederum betrübte unseren Luis, welcher von der Oborska so überaus interessante wie nutzlose Dinge und Sachen erfuhr: Zum Beispiel, dass Abraxas nicht nur der Namenspatron der DDR-Comicserie „Abrafaxe" und vom Raben in Otfried Preußlers Kinderbuchklassiker[5] ist, sondern von einer frühen ägyptischen Sekte verehrt wurde, weil er der Gott sei, welcher mit einem siebenmaligen Lachen die Welt erschuf, wie ihm Editha geheimnisvoll flüsternd mitteilte.

Der zweite Mensch, mit dem er darüber sprach, war der im Allgemeinen doch sehr sachlich-prosaische Raik Werbig. Der war nun ungemein praktischer in seinem überraschenden Ratschlag: Kopfschüttelnd und seinem Freund Raber keinen vollständigen Glauben schenkend, sagte er, fast belustigt erscheinend: „Wir müssen feststellen, ob du die Unterscheidung zwischen Fakt und Fiktion, zwischen Wahr und Falsch realisierst: Wir müssen die Klimperkiste auseinandernehmen, um wirklich sicherzugehen, ob du, lieber Luis Raber, nicht einem schlichten technisch problemlos machbaren Lautsprecherschabernack mit Fernbedienung oder Zeitschaltuhr zum Opfer gefallen bist!"

Rasch nun waren die Scharnier - Splinte des Flügeldeckels herausgezogen und die abnehmbaren

---

[5] Gemeint ist „Die kleine Hexe", 1957 im Thienemann-Verlag erschienen.

Gehäuseteile, wie aufklappbares Notenpult und der Deckel der Klaviatur entfernt. Geschickt widmete sich der dicke Raik im horizontalen Zustand – er sah jetzt aus, als ob er flach unter einem Fahrzeug läge - dem Aushängen der Pedalsteuerung und dem Lösen zweier archaisch anmutender Schraubenmuttern an der spielernahen Unterseite des Flügels. Diese fixierten die Klaviatur punktgenau im schweren Holz-Gehäuse.

Luis Raber machte dabei ein saures Gesicht: „Das sollte eigentlich ein professioneller Klavierstimmer machen!" „Klar, Luis! Dem kannste auch gleich den Grund der Bastel-Orgie nennen. Sag ihm einfach, dass de Stimmen und Geklimper hörst! Viel Spaß!" tönte Werbigs Lachen dumpf unter dem Instrument hervor. Wieder aufgestanden, zogen Raik und Luis zusammen die Klaviatur mit ihrer Tastenreihe samt sehr verstaubten Mechanik aus dem Gehäuse. Die Saiten des Instrumentes klangen dabei durch-einander, einem disharmonischen Orchester ähnlich. Seine Tasten muteten an wie ein vorsintflutliches Sauriergebiss mit weißen und schwarzen Zähnen ...

Der tapfere Werbig und der maulende Raber gönnten sich jetzt jeweils ein helles Bier als schöpferische Denkpause und gleichwohl verdiente Belohnung: Unkunkunk ... waren die braunen Halbliter-Kronkorken-Flaschen leer.

„Wie man trinkt, so denkt man", scherzte Werbig. Er machte diesen Witz allerdings mehrfach im Jahr.

Sich wieder dem Flügel zuwendend, entdeckte er in dem durch zwei Holzbalkenabstände gebildeten, schmalen Hohlraum, auf dem bis vor kurzem die Tastatur mit Mechanik saß, unter Konfetti und Staubflusen (übrigens wahre, adulte Prachtexemplare von antiken Wollmäusen und Kokken) eine einzelne, darin abgelegt scheinende weiße Klaviertaste und den mit ihr verbundenen langen Kipphebel.

Triumphierend hielt er das Objekt wie einen kleinen Feldmarschallsstab in die Höhe. „Kicher! Eine Zusatztaste! 88 Tasten reichen dir, lieber Luis, demnach nicht! Für dich is sogar ne neunundachzigste Taste als historischer Klavierbau-Sonderbonus beigelegt! Is eben ein Leipziger Bretschneider – Instrument" und ließ das elfenbeinerne Stück mitsamt Kipphebel durch sein Mechaniker - Pfötchen gleiten. Plötzlich quickte er schmerzhaft und ließ den Tastenkipphebel fallen.

„Was ist dir?" rief Raber mit unguten Herzklopfen. „Ich habe mir einen Splitter an deinem Scheißding ein-gerissen!" Werbig drückte ratlos - wutig an seinem Handballen herum. Der wurde rasch feuerrot. Sein rundes, wohlgenährtes, ansonsten rosiges Gesicht wurde blass. „Was ist das für eine neue Teufelei?", meinte er, leise und ratlos. „Ich will nach Hause!"

Er begann zu schwitzen. „Das ist doch kein Holzsplitter! Das is irgendwas anderes! Ab zum Scheiß-Notdienst!"

Luis raste mit dem schweisstriefenden Freund auf dem Beifahrersitz in seinem ältlichen Auto zum Stadtrand von Einstädt. „Ruhe bewahren, nur Ruhe bewahren" flüsterte Luis halblaut mit sich selbst. Auch im Angesicht von Panik hatte Werbig noch das große philosophische Schandmaul: „Ruhe is nur ne Vorstufe zur Dummheit. Is nich von mir, is von Leibnitz. Du weißt doch, der mit den Keksen. Es geht schon besser, Raber, lass ..." sagte Raik stöhnend und mit fliegendem Atem.

Trotz der abwehrenden Worte fuhr er schneller. Sie erreichten nach zehn Minuten die rot-weiße Sperr – Schranke des weitläufigen Krankenhausgeländes in der stadtwaldnahen Einstädter Weststadt. „Notfall!" plärrte er in die Wechselsprechanlage aus vergilbten Plastik. Wie von Geisterhand ging die Sperre in die Höhe. Er wusste, wo die Notfallambulanz war.

Raber sägte sich vor Jahresfrist einmal riesig beim Heimwerken in den Zeigefinger. Es war die gleiche Jahreszeit. Mitteldeutscher Aprilblütenduft. Schwere, gute Luft. Für all das hatte er jetzt keinen Sinn. Rasch schob er den Freund aus dem niedrigen Wagen und ging ins Innere der Bauhausarchitektur des fähigsten Einstädter Stadtplaners der 1920er Jahre.

Hinter einer Glasscheibe saß eine gelangweilte Schwester, die mit dem plumpen Finger auf der Zeile in Schneckentempo ein SUDOKU-Heft las.

Im Raum selbst etwa vier, fünf Notfälle: Ein Kleinkind hatte ein umwickeltes Bein mit einem kleinen Blutfleck auf dem laienhaft-schlampigen Mullverband. Die Mutter dazu mit Rasta-Locken und pinkfarbenen Crocs.

Auf der anderen Seite des gelbgepinselten Ganges ein kahler, ausgemergelter und humpelnder Jogger mit dünnen, blauen Armen und hässlicher Lycrahose. Der führte Selbstgespräche, indem er immer wieder laut „Gudrun" brüllte. Er trug eine Vielzahl dieser fürchterlichen Bracelets … In der Schlange der anstehenden Patienten befand sich auch ein stiernackiger Glatzkopf mit geschmacks- und sinnfreien Tattoos an den sehr ausladenden Waden, auf die Raber verblüfft und immer wieder während seines Wartens schauen musste. Der Mensch scheint der Saboteur seiner eigenen Leistungen zu sein …

„Schnell, Schwester! Mein Freund hat sich an irgendwas geschnitten …" Er wurde von der Nurse hinter der Scheibe unterbrochen: „Schnell geht hier garnix! Hammse de Chip-Karte mit?"

Ein untersetzter Arzt mit der Physiognomie eines rosigen Ferkels kam lautlos – er trug übrigens unansehnliche Sneakers - aus einer neben dem Pförtner-Kasten befindlichen, mattverglasten Flügeltür gehuscht. Er war in aufgesetzt heftiger Eile. Raber nahm ihn rüde am Arm und zeigte ihm das blasse Gesicht von Raik Werbig.

Der Weißkittel wollte ihn grob anfahren, schaute aber infolge einer energischen und heftig zeigenden Handbewegung Rabers einen Sekundenbruchteil in das runde, schwitzende Gesicht von Raik. Darauf sagte er leise in gebrochenem Deutsch „Kommen sie! *Sie!* Nicht sie!" Er nahm den sitzenden Geins unter den Arm und tappte mit ihm ins gleißende Licht hinter der Flügeltür. Der Arzt trug keine Strümpfe in seinen einstmals weißen Erwachsenen-Turnschuhen. Jetzt kam die Zeit des Wartens. Drei Stunden? Vier Stunden? Nachfragen bei den Schwestern hatte kaum Aplomb. Wochenendliche Notfallkranke kamen und gingen. Auch das beinumwickelte und plärrende Kleinkind mit der völlig alternativen Rastalocken-Mutter.

Der untersetzte Arzt mit dem Gesicht eines grunzenden Nutztieres kam nach einer gefühlten Ewigkeit erst wieder aus der Tür gehuscht. Raber sprang auf. „Was war das für ein Unfall?" frug der Weißkittel mit unleserlichem Namensschild und einem aus der Kitteltasche heraushängendem Stethoskop als Rangabzeichen. „Aus Patient ich nicht werden klug."

Raber entzifferte mühsam während seiner Worte das Namensschild: Adam Tadeuz Krzystov, Dipl. - Mediziner.

„Er hat sich an einem Flügel geritzt." „Wie? Flügel von Tier? Flügel von Vogel? Hühnerflügel? Wie macht man sowas?" „Nein! Er ritzte sich bei der Demontage eines Klaviers!" Luis sprach immer so geschwollen ...

„Es sah aus, wie ... wie Blutvergiftung! Wir geben Antibiose und Blutkonserve. Gottlob hat ihr ... ihr Freund ... Gruppe Null Positiv, von der is immer genug da..."

Der Ferkel-Weißkittel klopfte mit seinem kurzen, behaarten Zeigefinger rasch mehrere Male auf eine dünne Akte, welche er in seiner linken Pranke trug. „Wir da Akte hatten von ihrem Freund. Er war wegen Herz vor zwei Jahren hier! Is schlicht zu fett!" Er sprach „Härtzzz" und „fätt". Erstmals nun war Luis vom Können und der Umsicht des Ost-Ferkels völlig und vorbehaltlos überzeugt. Er erzählte ihm jetzt die vollständige Story, natürlich unter Auslassung des Spukes, denn er wollte durchaus der Gefahr vorbeugen, von Tadeuz umgehend rasch in die klinikintegrierte psychiatrische Abteilung eingewiesen zu werden. Der Untersetzte nickte überraschend verständnisvoll.

„Is ma anderes, als mit Kreissäge abgefegte Wochenend-Finger (er sprach „Finga") und mit Crystal Meth vollgepumpte, sähr liederlichäää Tattoo-Teenager! Ich veranlasse Blutuntersuchung!" Luis war verblüfft.

Der Mann war flugs, begriffsschnell und hatte sogar Humor! Beide lachten jetzt. „Ich spiele nämlich auch

Klavier!", sagte der Arzt fast verlegen und begann jetzt mit seiner Pranke dem schmalen Luis heftig auf die Schulter zu klopfen.

„Und liibbäää Geschichten, wie diese." „Und Raik?" „Den behalten wir bis morgen hier, er schläft außerdem, ich gegebäään habä Sedidativ!"

Wieder in seiner Bröckelvilla angekommen, nahm Luis Raber angstvoll eine lange Bratwurstzange zur Hilfe, um den Tastenhebel zart und vorsichtig aufzuheben, den sein Freund vor einem gemuteten Erdzeitalter erschrocken in die Zimmerecke geschleudert hatte. Er schaute denselben jetzt erstmalig genau an. Sah das grauhelle Holz des Kipphebels, der an einem der Enden stufenlos in die elfenbeinfurnierte Taste überging. Und hier wurde es ihm gruselig:

Die weiße Spielseiten-Tasten-Oberfläche (C - 4, Diskant) besaß genau auf der Position, wo der Finger des Spielers anschlägt, eine winzig-kleine, fast mikroskopische Bohrung.

Er drehte den langen Kipphebel vorsichtig mittels seiner vor vielen und unzähligen verrauchten Jahrzehnten im Grundschule-Werkunterricht bei Herrn Winkhold selbst gebastelten Bratwurstzange aus Sperrholz um. Auf der Unterseite der Taste sah er die Gegenseite der Bohrung und ein darin steckendes Kanülen-Ende.

Deren zeitverkrustetes Nickel-Material war mit einer dicken, mattgrauen Patina überzogen. Mit einem Schlag war dem phantasiebegabten und deduktiven Luis Raber die Szene gegenwärtig! Wird die Taste gedrückt, schiebt sich die Kanüle durch den Widerstand der Klaviatur-Unterseite heraus und sticht oder ritzt leicht den Finger des Pianisten! Durch das lockere Spiel innerhalb der Bohrung rutscht der spitze Kanülenanfang sodann in der oberen, ungedrückten Ruhestellung der Taste, für den Betrachter unsichtbar, schwerkraftbedingt wieder in das weniger als holzwurmkleine Loch in der Elfenbeinfläche zurück! Aber was kann am armen Raik diesen physischen Schock-Effekt ausgelöst haben? So verquast dachte unser Klavier-Held täglich! Sicher die Restspur einer einstigen Füllung! Das hochgiftige Sekret wurde einst wohl als Tropfen auf die Mündung der Kanüle auf-getragen.

Mit seinem brummenden, ständig am Ladekabel hängenden, stattlichen und ältlichen Laptop des Bau-jahres 2004 begann er zu googeln. Gifte! Pfeilgifte! „Pfeilgift – Kreuzworträtsel – 3 Lösungen mit 4 - 6 Buchstaben", „Pfeilgift – Wikipedia", „Pfeilgift – 5 Lösungen mit 4 - 11 Buchstaben", „Pfeilgift herstellen"! Immer besser! Sein Herz klopfte! Das Billig-Handy klingelte die totgespielte Mozart-Melodie. „Jaaaarrr! Hier Doktor Kryzstow! Spuren von Batrachotoxin im Blut ... Das ist giftigäääs Alkaloid."

Am anderen Ende der Leitung konnte jetzt unser Held auf dieses Sichwort entgegnen: „In den 1960ern erstmals wissenschaftlich beschrieben. Es ist ein Pfeilgift! Upas, Urare, Curare, Tubocurarin!"

Luis las seine plumpen Notizen ab, die er bei „Pfeilgift – Kreuzworträtsel – 3 Lösungen mit 4 - 6 Buchstaben" vom Bildschirm betulich abgeschrieben hatte. „Orrrrr!" Kryzstov schien für einen kurzen Moment sehr beeindruckt: „Sind sie ärztlicher Kollege?" „Nein" antwortete Luis gehorsam. „Nain! Batrachotoxin! Is am giftigstän! Das is giftigäs Alkaloid. In den 1960ern erstmals wissen-schaftlich beschrieben! Wie sie sagten, mein Herr! Wie sie bereits sagten! Wird gewonnen vom Frosch! Schrecklicher Pfeilgiftfrosch! Ein Baumsteigerfrosch. Fünf Zentimeter langer, quitten-gelber Frosch ... in einem kleinen Areal nahe der Pazifikküste Kolumbiens. Fluss Rio Saija. Eingeborene imprägnieren mit dem Hautgift dieser grellen Viecher Blasrohrpfeile. „Die Menge vom Frosch kann töten zähn Exemplare Mänschän! Is das stärkste Steroidalkaloid!" Luis begann Doktor Tadeusz zu lieben! Beziehungsweise dessen Wissen!

Er liebte solches verfügbares, abstraktes und doch völlig unnützes Wissen! Solch ein Wissen, das den meisten überflüssig erscheint und dann prompt, irgendwann einmal, mit Angeberei sowie sozialem Nutzen überraschend angewendet werden kann.

Ein verblüffender Effekt, welcher im gekonnten Anwendungsfall die gesamte eigene soziale Umgebung dümmer als ne Rolle sehr trockene Kekse erscheinen lässt!

„Wann wird Herr Werbig entlassen?" „Ach so! Das wollte ich auch sagen. Er müsste schon zu Hause sein! Vor etwa ner halben Stundä!" Luis fuhr umgehend zu Raik seinem vernachlässigten Bauernhof in einem längst eingemeindeten dörflichen Vorort von Einstädt:

Er lebte dort allein mit seinen schwarzen Rassehühnern und einer zerlesenen beachtlichen Bibliothek. Das schief in den Angeln hängende Holztor quietschte. Er schloss nie zu! Durch die klemmende Tür ging Raber ins schiefe Wohnhaus und sah ihn vertrieft mit einer Flasche halbleeren Bieres in einem braunen Chesterfield-Ledersessel sitzen. Dieses Möbel nahm sich in der kargen und lichtlosen, niedrigen Wohnstube wirklich merkwürdig aus: Wie die englische Königin inmitten von Papua-Negern, dachte Luis belustigt! „Ich habe neue Zeitung, viellieber Herr Vetter!"

„Quatsch nich so geschwollen, Luis! Schieß los!" Er trat mit diesen Worten eine Luis-Langerzählung los. „Keine Adjektive! Dosiere die Abgabe des Emotionalen! Keine süßen Eigenschaftswörter! Die verwirren mich. Sonst kann ich mich nicht konzentrieren! Weniger blumig! Aufs Wesentliche konzentrieren!"

Luis schwieg beleidigt und nahm sich aus einem gelben Plastikkasten ungefragt ein Bier. Plopp! Der goldfarbige Kronkorken flog im weiten Bogen davon. Unkunkunk!

„Den hebste aber fei nachher uff!" rügte der wie ein feister Buddha im Sessel thronende, penible Werbig. „Das kannste bei dir machen!", setzte er nach! Raber darauf: „Bei *mir* wartet vor allem der spukende Gift-Flügel! Was sagst du zu meinem untertänigsten Bericht, König Bomba?" Missbilligend zuckte Werbig zusammen. *Re Bomba*[6] war nun wirklich keine positive historische Identifika-tionsgestalt ... Schön dennoch, dass der Andere um die Dinge und Zitate weiß, dachten Luis und Raik unabhängig voneinander. Raik sprang behende aus seinem braunen Chesterfield, dass die Sprungfedern nachsummten. „Wir gehen dem morgen nach! Wir fahren nochmal inkognito nach Renig! Ich schlage für dich das Reise-Pseudonym Baron Apollonius von Orsburg vor!" Beide schüttelten sich vor Lachen ...

Am nächsten Morgen und einer im ungeheizten, aber indes hunderückengewärmten Gästezimmerbett des Werbig'schen Bauernhofes verbrachten Spuk-Entfliehungs - Nacht fuhren beide nach starkem, satzgebrühten Morgencoffee in Luis' angejahrter, statischen und mästigen Limousine (Autos: Küchen-

---

[6] Gemeint ist hier Ferdinand II Karl (1810-1859), König beider Sizilien. 1849 ließ er Messina beschießen: Das Volk nannte ihn fortan *Re Bomba*.

maschinen für Männer! Zumindest behauptete dies, permanent-spöttisch, die flotte, borderlinegeschüttelte Jördis mit ihren zum Knoten hochgebundenen Blondhaar, geschiedene Raber, geborene Blanchart) nun zum dritten Male in die einstige westsächsische Industriestadt.

Sie parkierten den Wagen für Kleinstadtverhältnisse sehr weit von der Ursprungsvilla des giftigen Instrumentes entfernt. Raik Werbig verwandelte sich in den sachlichen Macher und Detektiv, der unwidersprochen und mit Befehls-stimme Anweisungen gab: „Zuerst Stadtarchiv, Bauamt und Grundbuchamt, herausfinden, wem die Klimper-kisten-Villa in den letzten 120 Jahren gehörte. Vielleicht findest du was in irgendwelcher einfarbiger Alt-Reniger Heimatliteratur. Belanglose Heimathefte werden Auskunft geben.

Auf nichts ist so Verlass, wie auf diese Laien-Heimathirsche, welche die lasche Optik und Ereignislosigkeit ihrer trüben Heimatkommune durch Geschichten und Geschichtchen aufzuwerten versuchen." Ja! Darauf war in der Tat Verlass! Auch Luis Raber hatte zu Werbigs ständigem Spötteln bereits in den letzten Jahren mehrere Artikel in den dünnen, vierteljährlich erscheinenden „Einstädter – Geschichts-heften" veröffentlicht. Er war also durchaus selbst der betroffene Hirsch!

„Ich muss nicht wirklich über jedes hingehaltene Stöckchen springen, oder?", dachte Luis mit schiefem Maul. „Ich trabe gleich los! Und was machst du in der Zeit?" „Das soll dich nicht kümmern!" antwortete Werbig schroff und unterzuckert. „Ich mache halt auch was! Zerbreche dir nicht meinen Kopp, ich habe selbst einen! Und ein Handy!" Dieser Mensch war furchtbar. Wirklich!

Im Stadtarchiv angelangt, welches im prächtigen, urväterlich anmutenden Rathaus untergebracht war, frug Raber nach der Villa Sommersberg. „Ja! Da hammer was da!" sagte die rotgesichtige, pyknische Archivhilfe undefinblen Alters und schleppte mehrere Jahrgänge der „Reniger Heimat-Nachricht", kurz „RHN" genannt, herbei.

„Der Herr Peulingen, Dankmar Peulingen, unser Heimat- und Altertumsforscher, hat sich damit beschäftigt!" Luis drehte die Augen nach oben! Altertum! Er lachte innerlich auf. Forscher! Altertum! Welch Aufgeblasenheit! Anmaßungen! Altertum ist vielleicht das Pharaonen-Ägypten … Rums, landete der Stapel im Besucherzimmer auf einem Tisch, der mit einer spießigen, gemusterten Wachstuchdecke versehen war.

„Alberner Name! Albern auch, dass die nach süßem Parfum riechende Rotgesichtige einem den Vornamen gleich mit auftischt", dachte er beim Durchblättern des Zeitungsstoßes.

„Was macht der Autor eigentlich beruflich? Kennen sie ihn?" frug er beiläufig. „Er arbeitet auch hier im Rathaus. Weiter unten." Ahhhh, hier der erste Artikel! Hoi, vom Feinsten! Der Sommersberg war ein Spätwerk des Architekten Ernst von Ihne[7]. „Baugeschichtliche Bemerkungen von Dankmar Peulingen"... Toll! „Es heimathirscht gewaltig! Ahhhh!

Hier der Name des Bauherrn. Ein Textilindustrieller. Als Sommervilla erbaut. Oh, wie scharfsinnig! Deshalb der Name! In den beginnenden 1920er Jahren Konkurs und Verkauf an einen Herrn Glesien, Rechtsanwalt. Spekulationsobjekt. Erneuter Verkauf an den Besitzer der ARBA – AG. Hmmm. Ein Ingenieur, Inhaber eines feinmechanischen Werkes. Unnützes Wissen! Zeit-verschüttet. Zu Recht! Verloren!" dachte er. Aber hier! Endlich! Der träge, langatmige Dankmar schreibt von musikalischen Ereignissen im Sommerstein!

Senta Arden aus Neudeck in Schlesien, die in der Art-Deco-Zeit bekannte, blutjunge Klaviervirtuosin, spielt in der Kuppelhalle des Sommersteins! Als Gast des ARBA-AG – Inhabers, Agnus Stoppel! Oh, guter Handyempfang, schnell gegoogelt: ARBA, später VEB Feinmechanik. Uninteressant!

---

[7]Ihne, E.: Preußischer Hofarchitekt, 1848-1917, einer der bekanntesten Schöpfer wilhelminischer Architektur. Werke seiner Spätphase sind vom englischen Landhausstil geprägt.

Weiter: Senta Arden aus Neudeck, heute Swierklaniec, angeblich illegitimes Kind des Mittsiebzigers Guido Graf Bardenitz von Wiepersdorf, einem der reichsten Männer seiner Zeit. Sogar der letzte Kaiser nahm bei ihm Kredit. Hoi! Alle Wetter! Da wird sie doch bestimmt vom lieben, alternden Vatilein ein riesiges Legat bekommen haben.

Die so kapriziöse wie schöne Arden war jedenfalls damals eine gefeierte Pianistin und zu Gast auf Haus Sommersberg! Plötzlich stand die rotgesichtige Archivarin hinter ihm. Er roch sie durch das schwere Russenparfüm! „Bestimmt Krasiwaja Ploschtchatch!" Er kaufte selbst als Kind dieses Zeug in der Kaufhalle einer riesigen Russenkaserne, welche am östlichen Stadtrand von Einstädt bis Anfang der 1990er Jahre ein sowjetisches Panzerregiment beherbergte.

Seine Mutter nahm das Parfum indes nie in die Hand, allein das flüchtige Berühren der in Form des spastischen Spaski-Kremel-Turmes gefertigten plumpen, kleinen Dickglasflasche umgab den Neugierigen auf Stunden mit wabberig-dick-blumigem, orientalischen Duft! Russenparfüm! Das blanke Russenparfüm!

„Sie sind gerade bei der Senta Arden! Ich habe da noch was für sie, junger Herr!" murmelte sie. Plumps! Der nächste, jetzt dünnere und überschaubare Zeitungsstapel fiel auf den Tisch.

„Für die Arden interessiere ich mich nämlich auch!" hauchte sie, grinsend eine offenbar falsche Zahnreihe entblößend: „Sie wissen schon, dass die Senta den Sommersberg im städtischen Leichenwagen verlassen hat?" „Hääää? ... Nääää!?" Luis blickte die Frau erstaunt-baff an. Seine Augen wurden groß. „Die ist sogar auf unserem Friedhof beigesetzt. Ich gehe da manchmal hin. Ich bin nämlich ooooch katholisch! Das Grab existiert noch!" Jetzt schlägt's dreizehn! Jetzt bringt sogar die streng parfümierte ABM-Kraft die Lösung! Dankbar betrachtete er das auf ihrem Pullover hängende, kleine goldene Kreuz, als hätte dieses nennenswert zum Ergebnis beigetragen.

Die Zeitschriften waren gut erhaltene Ausgaben der „Sport im Bild", eines Gesellschaftsblattes der 1920er mit dem späteren Erfolgsautor Erich Maria Remarque als Chefredakteur: Archiv-Grinsekatze mit dem kleinen Goldkreuz hatte weiße A4-Blätter in die betreffenden Seiten gelegt.

Wuuuunnderbare Bilder der zarten Pianisten-Nymphe: Senta! Senta im Offenwagen, Senta im Charlestonkleid! Senta vor einem Flügel! Hey, Moment! Luis Raber erkannte auf dem blassen, verschossenen Offset - Druck an den spirelliartigen Spätbiedermeier-Verzierungen das schöne Tasteninstrument vom Sommersberg. Sein Herz begann zu klopfen. Bis in den Hals! Das Handy piepte! „Jahhh! Luis Raber am Apparat."

„Das weiß ich doch, du Blödi! Das brauchste nich extra zu sagen. Ich habe dich ja angerufen." Werbig in Feuerlaune?! Unterzuckert? Hungrig? Wieder der echte, unverfälschte Raik am anderen Ende der Leitung! „Wo biste änn?" „Immer noch im Rathausarchiv." „Ich bin unter dir, im Ratskeller!" Das sieht dem alten Kamel ähnlich, dachte Luis jetzt ärgerlich und ging die Windung der schneckenförmigen, engen Steinstiegen des Treppenturmes benommen hinunter.

Eine Bleiglastür mit farbigen Butzenscheiben und merkbarem Eisbeingeruch wies auf die Pforte des Ratskellers hin: In der altfränkisch anmutenden Einrichtung des Reniger Ratskellers, welcher die großen Entrümplungs- und Versachlichungswellen des 20. Jahrhunderts wundergleich unter dem zerbrechlichen Glassturz schützender Provinzialität unbeschadet überstanden hatte, saß auf einer hölzernen Eckbank der dicke Raik und führte inmitten von erfahrenen, rotnasigen Biertrinkern bramarbasierend sein großes und volltönendes Wort. Mit missbilligendem Blick setzte sich Raber zögerlich an den schweren, blanken Holztisch, auf dem die Bierpfützen schimmerten. Dieser schräge Werbig! Er duzte ja bereits den Kellner! „Dankmar! Für den Herrn hier dasselbe wie für mich! Das gleiche scheidet ja aus, da müsste er ja mein Eisbein bekommen!" Er lachte sehr zufrieden über seinen eigenen Gag! „Na, was haste rausbekommen?"

„Alles und nichts!", antwortete Luis nun verschnupft und bemühte sich intensiv, nicht verärgert auszusehen. Der Dicke hatte mindestens vier Halbe intus! Sein massiger Oberkörper schwankte schwer. „Was gibt's denn sonst noch?" Besagter Kellner mit klug geschnittenem Gesicht erwiderte schlagfertig „Eisbein!", knöpfte sich seine Weste falsch zu und brachte Luis ein schäumendes, tropfendes Glas Bier. „Dankmar?" frug Raber, zum Kellner hinschauend, „etwa Dankmar von Peulingen?" „Ohne Adelsprädikat! Bitte! Wenn's beliebt! Ja, der bin ich." „Hoi! Ich komme gerade von einem ihrer wertvollen Artikel aus'm Stadtarchiv." „Ich weiß", sagte der Kellner Peulingen und blickte verschmitzt auf den schmatzenden, selbstvergessenen Raik Werbig und seinen großen Teller. „Ich weiß überhaupt alles! Ihr lebhafter und eloquenter Freund redete von nichts anderem – und rannte bei mir alten Heimatkrauter, Heimathirsch - nennen sie mich wie sie wollen - natürlich völlig offene Türen ein. Jetzt nicht gerade unsere bleiverglaste Butzentür aus dem Jahre 1910. Aber alle anderen schon!" sagte der intellektuelle Kellner. „Ich will das Grab von Senta Arden sehen!", sagte Luis aufgeregt.

„Aber ohne mich" quäkte Werbig, dem glänzende, kleine Schweißperlen durch zu schweres Essen auf der Stirn standen. „Auf deine ewig-albernen Friedhöfe geh gefälligst allein.

Die sind nämlich als Geschichtsquellen nicht lösungseffizient und hinreichend! In nichts aussagefähig! Das ist neoromantische, sehr konstruktivistische Quacksalberei!" „Der neue, 1885 angelegte Stadtfriedhof ist weit draußen, in der Oststadt" hub Peulingen an: „Die damaligen superklugen Stadtplaner dachten, der Ort würde weiter so rasant wachsen wie seinerzeit, weswegen sie ihn weit, weit vor die Mietskasernen legten. Pustekuchen! Der erste Krieg und verkleinerte Märkte, der Wegfall Oberschlesiens … bums … stagnierte die Stadt."

Luis Reiber sah erstaunt zu Peulingen auf: „Und woher wissen Sie das alles?" „Ich war dabei" antwortete Dankmar, verlegen lachend. „Ich bin der Mann, der durch die Zeiten geht! - Nein, im Ernst … ich bin ein verbummelter Student und wurde 1961 exmatrikuliert, weil ich aus Abenteuerlust mit einem Kumpel am Tag vor der Grenzziehung, von der wir natürlich vorher überhaupt nichts ahnten, in den amerikanischen Sektor von Berlin wollten. In der Westberliner Jugendherberge nahmen sie uns wegen der Meldebescheinigung die DDR-Ausweise ab und dachten dann falsch, dass wir Flüchtlinge seien. Wir wurden wach, die Ausweise waren weg und die Mauer da. Riesentrabbel, ich wollte doch gar nicht weg aus der DDR! Hatte ja glücklich den begehrten Studienplatz als Geschichtslehrer im nahen Leipzig seit zwei Semestern!

Und danach, wieder im Osten, relegierte und rügte man mich streng! Kein Weg zurück. Beinahe verlor ich meinen frischen, idealistischen Lebensansatz: Schwierigkeiten verschwinden nämlich nicht, auch wenn man ihnen mutig zu Leibe rückt. Das ist eines der letzten großen Sozial-Märchen, ähnlich dem, dass Geld nicht glücklich mache … Aber ich dachte mir, wenn ich die idealistische Vision verliere, kann meine Welt nur schlechter werden … die meisten wissen gar nicht, wie schön die Welt im Kleinen ist, und wieviel Befriedigung in der Beschäftigung mit kleiner, lokaler Geschichte liegen kann, auch wenn einem der Berufszugang als vorgeblicher Dissident verwehrt wurde. Seitdem nun bin ich in der Gastronomie. Das Fragezeichen habe ich nie aus den Augen verloren, diesen Hirtenstab von uns Mini-Historikern … 1990 übernahm ich diese Schenke. Mit dem nicht zu verachtenden Vorteil des zehn Meter über mir liegenden Stadtarchivs. Damals leitete noch mein Schulkumpel den Laden! Ich kam ohne Aufwand an nahezu alle Akten unkompliziert ran." „Ahhhhhh!" tönte Luis.

„Sie wissen schon, dass die kleine Sente Arden nicht nur wirklich gut klimpern konnte, sondern riesenreich war, das schöne Mädchen war ein Bankert, ein Bastard vom großen Grafen Wiepersdorf." „*D e m*   Wiepersdorf?? Dieser schlesische Magnat?" „Die Archivarin deutete das an." „Ah, die dicke Miltern, diese gute Seele."

„Ich will jetzt zum Friedhof!" meinte Luis ungeduldig. „Und ich will noch ä Bier! Ich bleib hier! Luis und seine beschissenen Friedhöfe!" krähte Raik trotzig. „Lassen Sie ihn hier", so Dankmar, an Luis gewandt. „Sie haben nur ein leichtes Bier intus", sagte er prüfend und mit Kennermiene. „Gehen sie zu ihrem Auto in der stadtnahen Gartensiedlung „Galgenberg" und fahren sie fix! Ihr Hund wird's Ihnen auch danken." Der *H u n d* ! Ogottogott! Patkul! Dankmar war wirklich gut informiert. Luis zuckte zusammen. Den hatte er total vergessen! „Mein armer Hund!" Rasch war er am sorgfältig schattengeparkten Auto, riss die schwere Tür auf und Patkul drehte freudig, schnell und rasant wie ein winziges Reitpferd auf dem schmalen Weg der Gartensparte seine Scheiß- und Pissrunde! „Geene Hunne! Die sin hier verboouuten, du behämmerter Heini!"

Ein faltiger Rentner mit schwarzen Ohrschützern, die ein verstellbarer Metallbügel zusammenhielt, schimpfte heftig gestikulierend über den Zaun. „Von dir kann man wirklich noch eine Menge lernen!" fauchte Raber zurück und startete den Wagen. „Ich ha mir deine Nummer uffgeschriehhm un wer mich beschwern!" „Beschwere dich am besten bei der UNO, verbummelter Trottel!" Der Rest der gegenseitigen Schimpfung ging im Anfahrvorgang des Wagens und dem damit fabrizierten Staub unter. Es hatte in diesem April noch nicht nennenswert geregnet.

Die große, alte Limousine fuhr mit Hund Patkul und seinem Herrchen fast lautlos mit einem metallischen Rauschen davon.

Leichter Benzingeruch und Schwaden von grauem Rauch blieben zurück ...

Der Stadtfriedhof nun bestach bereits straßenseitig durch sehr dichten, schattigen Baumbestand und eine rote Klinkermauer, über die sich die Rückseiten der Erbgräber spitzig – neugotisch wie kaputte Zähne empor-reckten. Luis ging rasch durch das hohe, schmiedeeiserne Eingangstor und an dem kirchengroßen, rußgeschwärzten Feierhallengebäude vorüber. Der intelligente Historien-Kellner-Ober hatte es genau beschrieben.

In der Nordwest-Ecke! Sein neues Handy hatte sogar eine Kompass-App! Wie durch einen grünen, endlosen und düsteren Tunnel ging er die Allee mit den wuchtigen, gründerzeitlichen Erbbegräbnissen entlang: Wahre Rennbahnen der Eitelkeit. Eitel über den Tod hinaus ...

Draußen tobte jetzt der Lärm der Fernverkehrsstraße, die hier als Zubringer der nahen Autobahn diente. Hier, darin, jenseits der Mauer und Zeit, war indes eine völlig andere Welt: Der Respektraum Friedhof hielt einen sicher, traurig sicher, in seiner Nicht-Änderbarkeit und endgültigen Handlungs-Abgeschlossenheit gefangen.

Luis fühlte sich auf Friedhöfen wohl. Pudelwohl! Sie mussten nur alt genug sein!

Da war es plötzlich! Sentas Grab! Luis blieb fasziniert stehen. Aus feinen, rötlich gekörnten Porphyr-Platten trat Art Deco-Ornamentik hervor. Sonnenglasten tanzten auf der Fläche. Das Wandgrab war mit Efeu berankt, nur ein raues Relief, welches eine stilisierte, überlenkte Frau darstellte, die ihre Arme manieriert nach oben erhob, war freigeschnitten. Im flachen Dreiecksgiebel eine sehr abgespeckte Variante des Bardenitz von Wiepersdorf – Wappens mit den drei goldenen Trauben im Wappenschild. Über dem Namenszug ein kleines, ovales, leicht vertieft im Stein eingelassenes Porzellanbild! Senta! Sentalein!

Dann die Geburts- und Sterbedaten: 1896 – 1926. Dreißig Jahre! Nur so kurz. Gott ohne Himmel, dachte er traurig: „Dein Grabmal existiert nun schon weit länger, als du je gelebt hast."

Die Porzellan-Fotografie in scharfen Dreiviertelprofil zeigte ein schönes Frauengesicht unter gescheiteltem Bubikopf mit rehartigen Gesichtszügen, schmalem Nasenrücken, zu großen Augen und trotzig aufgeschürzten, sinnlichen, dunklen Lippen. Senta! „Senta, Senta, ich bekomm's raus, warum du sterben musstest. Dann is der Spuk zu Ende. Vielleicht". Vielleicht wäre er das.

Betrübt wendete er sich zum Gehen. Fast hoffte er auf eine Erscheinung oder etwas Ähnliches. Irgendwas, meinethalben magische Kräfte, die im Zerfall freiwerden.

Wispernde, geisthafte Stimmen in seinem Kopf hätten es indes allein auch getan. Allein es ereignete sich nichts, oder doch nichts Bedeutendes: Eichhörnchen huschten und Vögel sangen.

Das Krematorium in der verlogenen Form eines heiteren, historisierend - klassizistischen Pavillons spuckte heftig summend flirrende, heisse Luft aus dem mittig durch den zierlichen Bau geführten Schornstein. Muahhhhh! Luis glaubte dumpfe Orgeltöne zu vernehmen. Rasch ging er wieder hinaus, um der bleiernen Stimmung dieses Dämmer-Ortes zu entgehen. Hinaus auf die lärmige und helle Straße. Er wünschte sich mehr Empfindsamkeit. Wirklich mehr Empfindlichkeit! Mal schalt er auf seine Hypersensibilität, mal wünschte er sich Nachschlag in dieser nicht immer sehr förderlichen Eigenschaft. Manchmal hielt er seine Seele für eine trübe Mond-landschaft, manchmal für einen blühenden Garten.

Auf dem Marktplatz kopfschüttelnd zwischen neuen, grauen, aggressiven und sehr tristen Betonpollern parkierend, musste er am niedrigen, gotischen Fenster des Ratskellers klopfen. Die Eichentür zum Vestibül war nämlich fest zu. Geschlossen! Es war auch reichlich spät geworden.

Die Zeit rannte wie auf einer defekten Taschenuhr, der Himmel grau und schwer. Bald regnet es ... endlich. Seit Wochen regnete es nicht ...

Schlüssel klapperten hinter der Tür. Dankmar öffnete ihm. Der pokulierende Raik Werbig war indes wieder fast stocknüchtern und gutgelaunt.

„So!", hub er an wie ein verfetteter Staatsanwalt Vortrag zu halten. „So! Wir, also der wackere Dankmar und ich haben es raus! Ohne den Raum zu verlassen! Wie weiland Holmes in den Büchern des verewigten, großen Doyle! Der Kurzzeit-Liebhaber der flotten Arden hier am Ort, ihr Gastgeber, Sommersberg-Besitzer Agnus Stoppel, bei dem sie nach allerlei Amabilitäten landete, scheidet aus. Die Fama ging, sie wollte ihn wirklich heiraten. Und er sie! Der arme Agnus wird übrigens 1943 im Westen an der Spitze seiner Kompanie fallen. Wieso eigentlich an der Spitze? Nein! Jetzt kommt's:

Senta hatte einen Halbbruder, den 1885 geborenen Otto Leodatus. Ebenfalls ein uneheliches, natürliches Kind des virilen Alt-Grafen Wiepersdorf in Neudeck! Dieser Otto nun war Ethnologe! Vor allem in Südamerika tätig! Er brachte Unsummen für die Finanzierung von Forschungsreisen durch, an denen er sodann als Hemmschuh und allseits bewundertes, geldgebendes Hindernis teilnahm.

Seine junge Halbschwester hatte, gleich ihm, nur den Nießbrauch von allerdings wohl erheblichen Mietzinsgeldern, die des Alten gründerzeitliche Grundstücksspekulationen in der Reichshauptstadt einbrachten.

Er hatte, neben Hüttenwerken und Beteiligungen an namhaften Gesellschaften, einen riesigen Immobilienbesitz in Berlin zusammengeschachert. Ja, der Teufel scheißt wohl immer auf die größten Haufen …".

Dankmar unterbrach ungeduldig Werbig, der entgegen seiner sonstigen Gewohnheit sofort brav-achtungsvoll schwieg. Peulingen übernahm: „Nach dem komplizierten Testament des Kindesvaters, der übrigens hochbetagt als Mittachziger in Berlin 1916 starb, wurden die zwei unehelichen Kinder einander als Nacherben eingesetzt.

Der Überlebende erbte dann die Zinshäuser im besten Teil Berlins. Hier haben wir die Motivation von Otto Leodatus! Was für ein Name … Geradezu ein Namensungetüm! Und was für ein geschickter Schuft dazu!" Der kluge Kellner schlug sich lachend auf die Schenkel, welche in zu weiten Hosen steckten. „Dein Freund Raik hat mir von der Gifttaste des Stutzflügels erzählt. Das ist ja genuin-abgefahrener, novellistisch-gruseliger Jules-Verne-Scheiß! Abgefahren! Völliges Grand Guignol! Das Instrument nun bekam sie – ich sah oben im Archiv bei der Miltern den Post-Transport-Eisenbahnzettel der Anlieferung aus der Heimat Ottos -

Freiburg im Breisgau – übrigens tatsächlich und wirklich von ihrem lieben und erbneidischen Halbbruder. Im April 1926 in den Sommerstein geliefert! Natürlich hämmerte Senta arglos darauf herum und fiel sofort um!

Das blanke Dornröschen-Märchen, nur halt im Charleston-Kleid und statt Spindel mit Klavier! Meinethalben auch Flügel!

Otto fällt im Sommer des Todesjahres seiner elf Jahre jüngeren, klimpernden Halbschwester von einem Berg." „Wie, von einem Berg?" „Ein Kletterunfall!" Was für ein Zufall! Alle schwiegen betreten. Es schien wirklich so, dass der Fall Arden gelöst war.

„Was würden Sie jetzt mit dem Flügel machen?" fragte Luis Raber den Peulingen. Werbig platze hinein: „Verschenke ihn!" Dankmar anrwortete nach einigem Zögern. „Man wird sich nicht darauf verlassen können, dass wir richtig deduziert haben. Es kann schließlich auch ganz anders gewesen sein. Wer will das denn heute mit Genauigkeit sagen? Senta kann auch Unmengen Laudanum oder Chloral geschluckt haben. Meinethalben auch Opiumpillen! Das die ooooch einen am Schwimmer hatte, is euch allen schon klar?! Im durchnummerierten und fleckigen Friedhofs-Bestattungsbuch steht als Todesursache jedenfalls Barbiturat - Mißbrauch. Suizid! Verschenken Sie ihn. Verschenke ihn!

Verschenke den verfluchten Flügel an ... meinethalben ein Museum, die können sich gegen einen solchen Kram wohl kaum ernsthaft wehren!" Wobei Dankmar Peulingen in seiner Aussage offen ließ, gegen was und wen sich ein Museum nicht wehren und verwehren kann: Den inkludierten Spuk oder das Geschenk an sich?

Raik fiel boshaft kichernd nun sofort das Georg-Leitnitz-Haus in Einstädt ein, welches seit einigen Jahren sein persönlicher Lieblingsfeind Dr. G. W. Drängelburg leitete: „Ich mache einen trojanischen Zettel!" Raik Werbig war in großer Stimmung! „Mit meiner ältlichen Mercedes-Schreibmaschine fertige ich auf teefleckigem Papier eine Mitteilung, dass auf dem Flügel die Eheleute Robert und Clara Schumann spielten. Dem eitlen Doyen Drängelburg drängel ich einen Trojaner rein. Nomen est omen. Die Fälschung des Zettels wird seine Gier katalysieren." Er kicherte und gluckste tief befriedigt. „Ein herrlich fulminanter Nonsens. Ich vertraue einfach auf die konstante Belehrungsresistenz, Sensations-hascherei und prompte Gier der Ungebildeten *und* Über-gebildeten" setzte er rasch nach und freute sich häßlich.

„Ich hatte gehofft", sagte nun Luis indes traurig, „dass ich im Erdgeschoss der Villa alte, verlassene Terrarien finde. So ähnlich, wie ne eingewachsene, überwucherte Maja-Stadt. Verwildert! Mein Gedanke war, dass der Mörder von Senta dort glitschige Pfeilgiftfrösche gehalten hat".

„Dummerle!" meinte Werbig in gütig-überlegenem Tonfall: „In Gefangenschaft sind die doch völlig ungiftig. Es werden Alkaloide spezieller tropischer Futterinsekten benötigt! Frässen so klaiiinäää Käfer!" Er äffte jetzt den Arzt Tadeuz nach und zeigte zwischen Daumen und Zeigefinger die Größe dieser widerlichen Krabbeltiere. Den Polen-Doktor hatte Luis inzwischen total vergessen. Er lachte herzlich. Das erste Mal seit Tagen! „Mit Terrarien-Futter aus der benachbarten bunten Klein-stadt-Zoohandlung wird das nämlich nix! Das klappt nur bei den wilden Choco - Indianern in Kolumbien."

„Schade", meinte Raber fast resignierend. „Is mir beinahe zu prosaisch, diese Lösung." Kurzes Schweigen im leeren Gastraum. In den Butzenscheiben brach sich bereits funkelnd, verzerrt und bunt das Licht dern draußen brennenden Marktlaternen. Die drei „Heimatforscher" schauten nachdenklich in ihre leeren Biergläser. Luis brach das Schweigen. „Ihr wisst natürlich, dass unsere Version trotzdem hinkt!" „Ich weiß." „Du meinst ..." „Ja?" „Ich meine den Gift-Tastenfund im Klavier-Korpus selbst. Is doch völlig unlogisch!" „Nein, durchaus nicht! Arme Logik. Neeiiinnnn: Die C-4-Taste musste nach dem Erfolg oder Nicht-Erfolg des tödlichen Anschlages wieder gewechselt werden, so oder so! Und was wäre besser gewesen, als das Versteck im Auge des Taifuns?

Da isses nämlich ganz ruhig! Immer!" „Und wer soll das gemacht haben? Das ist ne Zehn-Minuten-Montage!?"

„Der ARBA-Fritze hatte ein Haufen Personal! Fahrer, Hausangestellte. Das war ein richtiger, heute unvorstellbarer, üppiger Großbürgerhaushalt. Da tanzten, schabten und kratzten viele Leute herum ...

Es kann jeder Komplize gewesen sein." „Hmmmm". „Zeitverschüttet, aber dennoch anteilig einen Stabtaschenlampen - Lichtkegel der Gerechtigkeit und Wahrheit auf den kritischen, dunklen Punkt gehalten ..."

„Ach weißt du, die Dauer des geistig Objektivierten ist eine Illusion angesichts der Finsternis des Vergessens [8]. Is leider nicht von mir..."

---

[8]Der Gedanke stammt aus einem offenen Brief von Theodor W. Adorno an Max Horkheimer aus dem Jahr 1965.

Das Ende

Luis konnte den Verlust der Klimperkiste nicht verwinden. „Wie gewonnen, so zerronnen". Er schüttelte sich vor Ärger. Zum zweiten Mal nun schon nun ging ihm solch ein Instrument flöten: Der erste Flügel durch die Geldhabgier seines Vaters in den späten 1980er Jahren, der zweite durch so eine wirklich läppische Spukgeschichte. Ein Spuk-Flügel! Lächerlich. Raik sagte plötzlich ernst und stocherte sich mit dem Bügel seiner Brille nachdenklich im Ohr herum: "Du, Luis, sei froh, dass du das Scheißding los bist!" Luis war frustriert: Wie konnte sein Freund nur solchen Hausfrauen-Klischee-Fatalismus-Dünnschiss von sich geben! Leere Worthülsen!

Raik förderte Unmengen von Ohrenschmalz aus seinen Löffeln hervor. Seit wann sind Instrumente für die Handlungen von Menschen verantwortlich?

Auf den bösen Blick des zweifachen Klavierverlierers entgegnete er, sich das Ende des Brillenbügels behutsam-genüsslich in den Mund steckend: „Sei kein Fex! Hättest das Ding ja auch samt erbaulich um Mitternacht musizierendem Gespenst und möglicher Giftspritze behalten können. Sozusagen als große, nächtliche Spieluhr!" Raik konnte sich ausschütten über seinen Witz. Er lachte und schüttelte sich.

Zusammenhangslos meinte er: „Scheiße! Mensch, Luis. Das ist kompliziert. Wirklich kompliziert." Und er schweifte ab.

„Du siehst wieder, es ist nicht die Frage, ob die Welt schlecht oder gut für dich und Dein tolles Instrument ist: Sondern nur, wie schlecht sie ist!! Es geht nicht um die Stärkung der Starken, sondern um die Eliminierung der Schwachen (diese fürchterlich pessimistischen Elogen Webigs! Furchtbar! Anm. d. Autors) … Sei doch froh, dass Du das Scheißding mit dieser leicht unlauteren Methode los geworden bist!" „Du meinst, die Usance mit dem Zettel?" „Nun, das war keine Usance mehr, dass ging in Richtung Betrug! Aber ich sage dir, wahrlich, Betrug ist allerorten und überall! Und hättest du auf dem furchtbaren Klimper-Ding, einschließlich Gespenst, kleben bleiben sollen und wollen?

Und nenne mir bitte jemand, der uns diese Story glaubt … für den, der nicht glaubt, ist keine Erklärung möglich. Und für den, der uns glaubt, ist keine Erklärung nötig! Nur glaube mir, quantitativ viele Individuen werden das nicht sein."

Er grinste: „Ziehe keinen Flunsch und übe dich in wissender Heiterkeit! Mach doch ein rührend-dümmliches Volksstück a la Schickanedersches - Zauberflöten-Theater mit unrealistischer Menschen-freundlichkeit draus!

So mit ner üppigen Portion sentimentalen Moralismus ...
Bist doch nunne ä wirklich unbedeutender Autor!" Dies
dünkte nun Luis durchaus richtig. Trotzdem schwieg er
sehr beleidigt: Der „unbedeutende Autor" hatte
gesessen. Heftig gesessen!

Aber der Gedanke, seine ohnehin mürb-morbide Stadt-
Behausung mit dem zu regen, durchaus willigen,
geräuschvollen Geist der jungen Arden zu teilen, war ihm
in der Tat kein erbaulicher und erfreulicher! Überhaupt
war er allergisch gegen das Wort „zu": „zu" laut, „zu"
kalt", „zu" teuer! Aber vielleicht ist auch alles am Ende
gut geworden? *Zu* gut?

Vielleicht hatte er sich die nächtlichen Konzerte nur
eingebildet? Vielleicht hatte er sich auch alles nur
eingebildet? Vielleicht lebte Luis indes in einer Welt, die
er nicht ernst nahm und die ihm deswegen gleiches mit
gleichem vergalt ...

Die wissende Heiterkeit ist ein Tor zum Ewigen!

W. Shakespeare

Liebe verpflichtet: Schöne Studentin

Eine Erzählung aus dem Jahre 2006

„Ist das denn meine Straße? Oh Bächlein, sprich, wohin?"

DIE SCHÖNE MÜLLERIN, Sieben und siebenzig Gedichte aus den hinterlassenen Papieren eines reisenden Waldhornisten, Wilhelm Müller (1794 - 1827)

Was folgt, passierte in den Frühjahrsmonaten, kurz vor der aktuellen, der letzten Jahrhundertwende: Timo musste pinkeln! Er blickte beim Urinieren durchs Fenster nach draußen, ins Tal. Sah faul aufblinkende Straßenlampen. In ziemlicher Entfernung drehte ein buntes Kinderkarussell merkwürdig stumm inmitten bleigrauer Umgebung seine Runden. Das Kolloquium, an welchem er jobbedingt im doch sehr heimatlich orientierten Museum Schönberg teilnahm, nervte. Ja, Timo war Bibliotheksmitarbeiter, sein täglicher Beruf, den er gründlich, aber ohne allzu große Neigung seit wenigen Jahren ausfüllte. Sein Leben schien geordnet und fade. „Da quatschen die hier über Inventurproblematik, Kommunalordnung und Bestandsbildung, und draußen im Tal dreht sich ein Karussell ..."

Wieder im neonbeleuchteten menschenschweren Raum, bekritzelte Timo eifrig einen von ihm mittels einiger Querstriche unterteilten Zettel. Er ließ seine bis zur Stunde gelebten fünfunddreißig Jahre analytisch Revue passieren: Bald war sein Geburtstag.

Das triste Aprilwetter, die eigene Stimmungslage, der triviale Beamtenton des Museums und ein interessantes helläugiges Frauengesicht, welches er am benachbarten Tisch wusste, katalysierten seinen Eifer, mit dem er in kleiner, ein wenig nach rechts geneigter Handschrift Jahreszahlen und ihnen scheinbar zugehörige Schlagworte in unterschiedlich dimensionierte Spalten eintrug: Seine Schulzeit in einer ostdeutschen Fluss- und Leichtindustriestadt mit Namen Büttenburg, die darauf folgende Lehrzeit in einer volkseigenen Chemiebude (vor dem Krieg immerhin Gleißner & Melzer, ein Hersteller von Gummi-Weltprodukten!), Armeezeit als „Längerdienender", sodann das durch die Wende beinahe abgewickelte DDR-Fachschulstudium.

Seiner unmittelbar nach dessen Ende bezogenen kleinen Wohnung in Nähe des städtischen Friedhofes wurde eine schnörkelumrandete Spalte eingeräumt, so bedeutend wertete er diesen emanzipatorischen Schritt hinaus aus dem Haushalt der Eltern. Einiges aber trug Timo nicht in die leicht geschönte Spaltenanalytik seines Kurzlebenslaufes ein: Das Beziehungs-Aus mit seiner studentischen Freundin vor Jahresfrist.

Wieder sprangen seine Gedanken zum wunderhellen Mädchen mit dem roten Pullover und bis zum Schulteransatz gehenden Blondhaar. Ihr Lächeln fiel wie ein Zauber auf ihn. „Du hast mit deinem Rauschen mir ganz berauscht den Sinn." Aparte, freakige Eleganz! *Sieht aus wie eine Studentin oder Absolventin ... jung, jung, gleich nach dem Abi im Galopp zur Hochschule, kein Zeitverzug wie bei unsereinem. Karnickel-zahnärzte!*, dachte er neidisch. *Du dummes Schwein!* Schelte gab er sich oft: *Musst dahin schauen, wo alle hinsehen?!* Seine Eigenwürde war dahin. Schon jetzt. „Lass singen, Gesell, lass rauschen und wandre fröhlich nach! Es geh'n ja Mühlenräder in jedem klaren Bach." Die Schöne Müllerin bekam er seit Tagen nicht aus dem Kopf ... diesen Ohrwurm! Diese scheinbar nur simplen Dur-Moll-Kontraste. War ihm um alles lieber als Popscheiße aus'm Radio! Aus ihren fraulich-koketten Umgangsformen gegenüber dem sich mit Selbst-verständnis und besitzergreifend neben sie setzenden Sven Schumm, Leiter des Stadtmuseums Schönburg, schloss Timo verdrießlich auf ein Verhältnis der Beiden.

Arschlöcher, dachte Timo und dachte an seine Dellen im Sozialprestige: *Wohl alle mit'm schweren Silberlöffel im Mund aufgewachsen. Während ich unterm honecker-zeitlichen Küchentisch hockte, dessen Ölfarbe abblätterndes Bein mit dünnen Ärmchen umklammerte, derweilen Mutti und Omi stritten, wie viel Zucker ins Pflaumeneingeweckte kommt, lehnte sie am Fuß eines Flügels, auf dem die Frau Mama im engen Designerkostüm gedankenverloren verspielte Akkorde anschlug.*

Timo war neidisch auf Alles und Jeden! Vor allem auf die Erfolgreicheren, die "Schönen", wie er sie im kleinen Freundeskreis fluchend nannte.

Dass auch der Westen sozial differenziert war und bei Gott nicht jede bundesdeutsche Familie im Designerkostüm am Flügel saß, sollte ihm erst Jahre später klar werden. Ihm war ohnehin die Tageslaune verdorben: Schumm! Schumm schwatzte schon wieder, seinen gepflegten Katzenschädel in für Timos Männer-Ego bedrohliche Nähe des lächelnden Gesichtchens der schönen Studentin schiebend.

„Du *musst* heutzutage n' Kredit haben, zwei Job's und n' kleines Flitzeauto ..." Sie sah Schumm mit glänzenden Augen von unten herauf an.

Blondi, deine Kritiklosigkeit gegen andere Systeme, die sich laut, bunt und schillernd verkaufen, scheint exorbitant, dachte der verärgerte und durcheinander geratene Timo. Schumms Rhetorik glich fatal dem Geblubber von Machos in trendigen Kneipen, die dort ihren eigenen Schwachsinn als modern und zukunftweisend verkaufen und leben.

Schauspieler, dachte Timo verächtlich und erinnerte sich einer unlängst gelesenen Textstelle, wo zwischen nur zwei Menschentypen unterschieden wurde: Schauspieler und dem Baumeister[9].

„Du musst dich natürlich anstrengen, besonders zu sein", hörte er Sven Schumm halblaut reden ... *Müssen,* lachte er innerlich, *müssen muss man eigentlich nur scheißen* ... Der zeitgenössische Mensch scheint das System seines krankenden Soziotops selbst zu schützen und das Unmöglichste und Schlimmste als das Normalste und Erstrebenswerteste zu loben und leben...

Hat sie dich so beeindruckt, fragte er sich. Sie hatte. Natürlich hatte sie. Denn in ihr manifestierten sich alle seine Momentanwünsche. *Du musst sie irgendwie anquatschen; Herrgott, dir wird doch was einfallen. Wunderbar, wie hervorragend ungeschickt du dich in die Sitzordnung dieses Raumes integriert hast,* dachte er, sein Gesicht zusammenziehend. Musste er sich denn traumblöde ausgerechnet neben die breite Ochtum und dem alten Horb setzen!

---

[9] Nietzsche, Friedrich: Die fröhliche Wissenschaft. Paragraph 356: Hier unterscheidet der Philosoph zwischen Baumeister und Schauspieler; ersterer stirbt aus, letzterer hat Hochkonjunktur.

In diesem Moment entstand hier eine Unterbrechung im Vortrag, der Referent verschluckte sich, als er, was keiner vor ihm gemacht hatte, einen Schluck vom bereitstehenden Gerolsteiner Sprudel nahm. Timo quälte sich sehr mit Lachreiz. *Ausgerechnet den eitlen Schernau hatte es erwischt! Diesen vorgeblichen Doyen! Zwei Bücher, was sag ich hier, Büchlein hat der geschrieben.*

Langsam und mit einer gewissen Selbstwichtigkeit summte Timo mit seinem knapp ein Dritteljahrhundert alten Daimler eine steile Serpentine von der Schönburg bergabwärts. Die Scheibenwischer schoben rubbelnd und quietschend die nasskalte Frühjahrs-Nebelsuppe hin und her. Gut, dass er sie angesprochen hatte! Das Air einer ganz großen und tiefen Befriedigung, ja Freude, wie über etwas Außergewöhnliches, Geleistetes umfing ihn. Sozusagen ein Freuanfall!

Das Autoradio, ein knackendes, aber originales Becker - Mexiko mit dünnen Chromleistchen, spielte eine Kassette mit Schuberts Schöner Müllerin in so einer leicht rauschenden Aufnahme von 1946, und Timo dachte daran, wie er ihr in den kurzen Ärmel hatte schauen können. Sie war rasiert! Ein leichter Flaum nur auf Wange und Nacken ...

Er hielt sich sehr gerade in seinem Auto - Wagen. So wie Empire-Möbel zwingen, sich gerade zu halten. Lächelnd erinnerte er sich an diesen Gedanken des Detlev Spinell aus der Tristan-Novelle, die er, wie alles des von ihm vergötterten Thomas Mann, immer wieder las.

Der Gedanke an den Tristan hatte mannigfaltige Ursachen. *Schluss! Das wird sowieso nix!* Timo lenkte sich ab: *Der Wagen läuft siebzig Kilometer Geschwindigkeit!* Er schaltete geräuschlos mittels Zwischenkuppeln in den niederen Gang, mit dem wetterharten Blick des eleganten Herrenfahrers, wobei er sich vorstellte, ein bisschen an einer in dieser Wagenreihe nun wirklich nicht mehr vorhandenen Zündverstellung zu drehen. Denn eine solche hatten Autos seit den 1950ern nicht mehr ... Schade!

Es war der eiskalte automobile Rücken, welchen Timo durch eigene Negativkonsumtion und unverhohlener Freude am Überkommenen dem ganzen ihn umgebenden Sauladen zeigte. Konsumresistenz? Erzwungene. Aber immerhin! Er wusste, dass der geleaste Super-Wagen des Schumm elektronische Dämpferreglung, ABS, ESP, Traktions- und Untersteuerungskontrolle hatte. Und die in den endigenden 1990ern hochmodische Silberfarbe!

Ein solcher Wagen aber – abgesehen davon, dass Timo ihn sich überhaupt nicht hätte leisten können – hätte sein geistiges und optisches Biedermeier – Equipment empfindlich gestört ...

Auch wusste er, dass dieses jetzt noch foggende Auto von Schumm in fünfzehn raschen Jahren teeniekompatibel sein und von ruppigen Achtzehnjährigen als zerbeulter automobiler Billigeinstieg gefahren würde. Wieder dachte er an das Mädchen mit der zwiebelfarbenen Haut.

Nach dieser Tagung der müden Bibliothekare und Museumsleute vergingen Wochen. Ein Anruf auf Timos Telefon, links auf seinem unaufgeräumten Bürotisch stehend: Xenia Hauser mit ihrer dünnen Stimme! *Kleine Phäakin*, dachte Timo aufgeregt und brauchte durchaus sich des Bildes des wüchsigen blonden Mädchens im roten Pullover nicht mühsam zu erinnern, auf dessen zwiebelfarbener Wange und Nacken ein feiner Flaum schimmerte. Dieses Mädchen hieß Hauser. Das wusste er von dem Konferenzprogramm, wo sie mit einem Kurzreferat wirklich recht blöden Inhaltes notiert war, welches noch dazu aus Zeitgründen entfiel. Xenia Hauser.

Xenia hatte, neben dem von Timo überbewerteten Vorzug, lichte zwanzig Jahre zu zählen, einen fein gezeichneten Schmetterlingsmund, der manchmal seine Unterlippe missbilligend nach vorn schob.

Weiterhin große, mandelförmige, weit auseinander stehende Augen und eine subtile Hübschheit. Nein, platt-vordergründig schön war sie durchaus nicht. Mitnichten. Aber sie hatte was! Allerdings hatte sie die erotischsten Schlüsselbeine der Welt, die bei unserem für jeden femininen Reiz hochempfänglichen Timo zerrendes Sehnen nach dem eine Handbreit darunter Befindlichen auslösten.

Langes, seidenweiches, aschblondes Haar war ihr eigen, welches manchmal zu einem sehr lockeren Zopf geflochten war, und ein reizendes Lächeln: Es sah überhaupt so aus, als ob sie immer lächelte.

Dieses Lächeln fiel wie ein Zauber auf Timo. Und ein feiner Flaum bedeckte ihre Wangen und Nacken ... Wird das was? Wie wird das ausgehen? Kann er diese Frau haben? Die Frauen, die er hätte haben können waren schrecklich dick, alt oder wirklich stockhässlich im Sinne des Wortes. Sie waren tatsächlich nicht zumutbar.

Zumindest dem ästhetisch empfindsamen Timo, der sich diese wenigen Optionen noch nicht einmal hätte schön saufen können. Den Bauarbeiterwitz hörte Timo erstmalig während seiner rauen DDR - Lehrzeit bei

Gleißner und Melzer: „Wenn se hässlich is, n' Kasten Bier aufs Gesicht stellen". Mit dieser Art stumpfer, grobkörniger Unterleibsspaßkultur nun aber wusste er gar nichts anzufangen.

So träumte er natürlich mit somnambuler Sicherheit natürlich von jenen, die ihn nicht mit dem Arsch ansahen.

Es begab sich aber, dass Xenia Timo in dessen überheizter Wohnung – Xenia fror ständig - an einem zu rasch vergangenen Abend gegenüber saß, mit ihren weißen, gazellenhaft - überlenkt schönen Armen, ihren großen, sprechenden Augen, in denen sich das Funkeln der Kerzen spiegelte, ihren fein gezeichneten Lippen. Xenias Augen blickten und blitzten Timo an. Ein krankhafter Zug, sich gesund zu ernähren, ließ sie nur einen geringen Teil von Timos Tütennudelpfanne verzehren. Dafür umso mehr filterlose, selbst gedrehte Zigaretten, die Timo aus Solidarität mitrauchte. Irgendeine gemeinsame Basis muss es ja geben! Er dachte *„Wie ich mich nach Dir sehne ... was könnten wir für eine gute Zeit miteinander haben."*

Im Hintergrund summte Timos neuer, silberfarbener Drogeriemarkt-CD-Player elegisch ein Lied der Schubert-Müllerin: das Letzte, das Traurigste; wie ein leises Leiden, wie ein stilles Unglück ... ach, ach ...

In leichten, fast schwerelosen Bewegungen legte sie mit geschickten Händen die auf ihre Bitte von Timo etwas mechanisch - unwillig gemischten Tarot - Karten in eine keltische Kreuzform und begann sie nacheinander aufzudecken. Mit wegwerfenden, lässigen Bewegungen handhabte sie die Blätter. Hm, Okkultismus.

Das war nun gar nix für Timo. Überhauptnichts! Eher war ihm dabei zum Lachen. Unwohl fühlte er sich. Irgendetwas, vielleicht sein „humaner Stolz", wie es im „Zauberberg" hieß, widerstrebte. Die schlaue Xenia hatte eine Antwort parat: Diese bestand in der Argumentation der Selbstkonzentrationsförderung, des Denkanstoßes, der Meditation und engeren Problem - Fokussierung.

Damit war das Ganze des Hautgouts des Mystischen soweit beraubt, dass Timos Ablehnung aller nicht streng wissenschaftlicher Wissensbereiche narkotisiert war ... *Beautiful*, dachte Timo, *das ist ja total aufbauend:* Eine der ersten Karten war der Narr. Diese stand für ihn selbst. *Schön*, resignierte Timo schulterzuckend, *besser kann man's wohl nicht sagen, wenn das schon die blöden Karten wissen ...* Als vorletzte Karte wurde nun der Teufel aufgedeckt. *Was? Triebgesteuert? Keine Kontrolle über die Dinge?* Als letzte der Tod! Absolut aufbauend. *Ja, natürlich, so kann man es auch sehen: Anfang. Neubeginn. Schlussstrich!*

Er blätterte mit blöden Augen in den übrig gebliebenen Karten ... die sehr kräftige Bilder enthielten ... der Herrscher, der Wagen, der Mond, der Magier. *Oh Gott,* dachte er über sich selbst, *du Prinz der S c h e i ß e n.*

Er spürte, wie ihm feucht und spurbildend eine Träne die linke Gesichtshälfte herunterlief.

Gott, wie begehrte er diese Frau. Sein Körper war in ihrer Anwesenheit wie auf dem Sprung, gespannt und stählern. Er aß wenig in ihrer Gegenwart. Das Hungergefühl war einem anderen Hunger gewichen, dem Hunger nach ihr ...

„Ich weiß nicht, wie mir wurde, noch wer den Rat mir gab, ich musste auch hinunter mit meinem Wanderstab ..." Er zog sie an sich heran. Mit einem flatterhaft – abgerissenen und doch energischen „Nein!" entwand sie sich ihm: „Ich kann das nicht leiden!" - „Xenia?" Die hübsche Xenia aber sagte gar nichts mehr, sie wiederholte nicht einmal mehr ihr „Nein", sondern wandte sich zum Gehen. Timo tat einen Satz und lief ihr hinterher. Er ahnte: *Es wird wie bei den Anderen werden, du kommst nicht aus der Rolle des Kultur - Guide vom Dienst oder der des Cicerones hinaus.* Timo aber wollte „ganzheit-lich" gemocht ... ja, ... geliebt werden!

Wieder stand er vorm vernichtenden Erkennen: *Zu was anderem hast du bei den Frauen, die du willst, kein Talent.*

Oder hatte er' s und die Frauen meinten nur, dass er es nicht besäße? Er wusste es nicht … *„Dann war es eben nicht zu erreichen“,* dachte er missmutig …

Sie schien über einen Koffer voller Seelen-Marterinstrumente zu verfügen … so eine patinierte Schatulle, wie von Duellpistolen des 18. Jahrhunderts, die darin lagen … auf verblichenem Samt, in einem Korpus von Mahagoniholz der Seelenschäler, ähnlich einem Kartoffelschäler. Auch eine Gemütsraspel und ein Nervenstampfer waren dabei.

Timo war neidisch auf einen Unbekannten … auf den Menschen (er wollte „Mann“ gar nicht denken, um sich nur halb zu ärgern), mit dem Xenia vor Jahresfrist in Rom gewesen war. Sie plapperte unverfänglich davon. Oder war es nur eine geschickte Form des Abstandschaffens?

Des Schaffens einer spröden, hölzern-keuschen Unverbindlichkeit?

Nee, dachte er sich, *Rom und Xenia, das geht nun wirklich nicht, das ist für diese Dreck- und Schlammseele zu viel gewesen* … Rom und Frauenliebe, das war für Timo höchste Steigerungsstufe.

Er ärgerte sich und ging aus Frust, aber auch seiner langen Loden wegen zu einem nahen Frisör. Dummerweise bediente ihn nach kurzem Warten inmitten gespenstisch aufgeputzter Teenagerideale nicht die schmale, trotz ihres durchaus belanglosen Frisösengesichtchens ätherisch aussehende, sondern die quallige, quappige Dicke. Der Chef des Salons ging Timo mit seiner aufdringlichen Höflichkeitsneugier auf die Mempe. „Wo bist' n jetzt, was machst' n grade, biste mit deiner Frau wieder zusammen?" Timo Balve wollte sich die Haare schneiden lassen und nicht als Pförtner bewerben!

Die Neugier des Mannes schmerzte und verunsicherte ihn. Krankhaft in eine zwei Monate alte Ausgabe der Auto-Bild schauend, gab er mit angestrengter Lockerheit falsche Auskunft. „Nee, die Lücke meiner Ex ist bereits wieder besetzt!" Er ärgerte sich noch mal. Aus zwei Gründen: Erstens nervte ihn der immense Wissensdurst dieses plappernden Menschen. Zum Zweiten stimmte es nicht, dass die durch Hilkes Abgang gerissene Lücke bereits erneut besetzt war. Es stimmte einfach nicht. War gelogen! Wieder mal gelogen … Eine Atomlüge!

Mit Xenia war sie wohl jedenfalls nicht besetzt. Wie gerne hätte er das gehabt ... Er dachte an ihre zieren Bewegungen...und an den nächtlichen Traum. Die Frau die diesen bevölkerte, war nicht Xenia - obwohl nur sie damit gemeint sein konnte - es war eine längst verflossene Studenten - Liebschaft: Sichtbar gealtert, aber immer noch sehr, sehr schön, immer noch mit der hochbeinigen Figur einer Stafettenläuferin ausgestattet, reichte sie ihm im Traum ihre feinnervige, lange und gebräunte Frauenhand.

Wieder in seinem Zimmer, zündete er sich in Ermanglung von genug Pfeifentabak eine Zigarette an und starrte lethargisch auf das schwingende Perpendikel seiner sehr laut tickenden alten, mit dümmlichen Bauernrosen bemalten Schwarzwälder Landuhr, die rechts neben dem braunen Rollschrank hing.

Timo starrte und wartete. Wartete auf einen Brief von ihr, obwohl die dicke, gelbe Postbotin ihre Morgenrunde durchs Wohnviertel schon längst beendet hatte und Briefe von Xenia wirklich selten waren. Zu sehr schien sie in ihrer Welt involviert und integriert, zu sehr und zu intensiv mit sich selbst befreundet. In nervöser Erwartung eines Anrufes von ihr, obwohl er den doch nie bekam, starrte er benommenen Kopfes seine Fensterscheiben an. Kaum, dass sie mal erreichbar war.

Immer nur mit der Mail-Box verbunden, die Xenia aus Kostengründen nie abhörte. Nein, unser Timo schien nicht en vogue zu sein, bei niemand.

In ihm brach restlos nachtvolle Nacht an, aber eben nur schwärzer, tiefer, unerfüllt hoffnungsloser ... Sie limitierte. Ihr Gesicht wurde streng rationiert! Ihr schönes, ein wenig bäuerliches Greta Garbo – Gesicht! Ebenmaß aus jedem Blickwinkel. Leichter Flaum bedeckte ihre Wangen und Nacken. Nur das Stubsige ihrer Nase und die in unwilligen Momenten vorgeschobene Unterlippe trübten wohl manchmal ...

Timo sah es nicht. Wie hätte man ihre Seele anfassen müssen? Andere wussten wohl die Griffe! Manchmal brabbelte sie, mitteilend-vertraulich, was von einem Johannes oder Jean-Pierre! Wie aber hat man sich die Seele, wie hatte man sich ihre Seele vorzustellen? Timo dachte sich diese als schwere Kugel mit vielen Haltegriffen, so ne' Art Mittelding zwischen Gewicht-hebe-Hantel und schwimmender Weltkriegs-Seemine: Die meisten nun benutzen die falschen Griffe zum Heben und Rangieren der Seele des Anderen, bekommen die Seele keinen Zentimeter bewegt. Dann gibt es Griffe, mittels deren die tonnenlastige Seele ein wenig und mit Mühe geschoben werden kann. Aber s' gibt auch die Jokergriffe, mit denen bekommt man die Seelenkugel sogar gehoben, ja, lässt sie geschickt auf einem Finger balancierend drehen, wie einen Luftballon.

Die Kommunikation mit ihr war einseitig. *Aber eh gar nix läuft,* dachte sich Timo, *übernehme ich lieber den Lokomotivenpart ... Xenia, überprüfe mit Genauigkeit die Möglichkeiten, mir in Deinem Herzen, Gemüt und Täglichkeit einen Platz einzuräumen!* Seine Gedanken kreisten mit Ausschließlichkeitscharakter um diesen Punkt.

Vor wenigen Stunden hörte er ihre schöne Stimme, die schwer erreichbare, am Telefon ... *das ist doch schon was ... ihre Stimme ... immerhin etwas von ihr*, dachte er...

Er dachte nochmals, es war eine überaus beglückende Erinnerung, an seinen nächtlichen Traum - die einzige Möglichkeit, ihr nahe zu sein. Bei jedem Zug aus seiner selbst gedrehten Zigarette, die mit groben, zum Selbstdrehen eigentlich ungeeignetem schwarzen Pfeifentabak (Black - Luxury!) gefüllt war, dachte er an sie:

Wie flink sie mit ihren feinnervigen weißen Wichs- und Samtpfötchen diese Dinger aus ihrem ewig nach Kirschen und Kiff duftenden Krümeltabak drehte ... Timo verzog in diesem Erinnern verzückt - schmerzlich sein Gesicht und stöhnte.

Er machte dies auch im Anblick von überraschend Schönem, wie in religiöser Ekstase zogen sich die schmalen Augenbrauen zusammen, und der zu feminine Mund spitzte sich. Das kam bei seiner Umgebung nie gut. Die las ja auch nicht Edmund Burke.

Ja, Burke, Edmund, Kunstphilosoph des 18. Jahrhunderts, Philosophische Untersuchung über den Ursprung unserer Ideen vom Erhabenem und Schönen! „Wer schönen Objekten in zärtlicher Zuneigung zugewandt ist, hält den Kopf leicht zur Seite geneigt; sein Mund ist ein wenig geöffnet, sein Atem geht langsam." Burke schloss daraus, dass das Schöne Zuneigung erzeugt, indem es eine Erschlaffung, ein Nachlassen der Nervenanspannung bewirkt.

Timo Balve dachte in einem Anfall von Selbstmitleid über den schwarzen Grundfaden seiner Letztjahre nach. Alles unnütz! Er verwünschte sich. Schulkinder gingen lärmend vorüber: *Alles verfahren, alles anzerstört und völlig unreparabel.*

Aber er lebte doch! Er sollte sich doch freuen, dass er bis zur Stund auf den schief gerutschten Deckplanken des Schiffes „Leben" standhielt und, sich angestrengt an den Trossen gesunden Menschenverstandes festhaltend, noch nicht ins eiskalte Wasser gerutscht war. Timos Einbildung ersann Zuhörer, die das beachtlich gefunden hätten. Freute sich darüber, den Nächten in den rotglühenden Gärten des Lebens eine kleine Handlampe des Erkennens entgegenblenden zu können. Jeden Augenblick Leben sog er gierig ein ... die gelben Birken, die in noch blätterlosen Knöterich eingewachsene Garagenreihe am Rand des verwilderten Parkplatzes, auf dem er wartete, die kühle Luft, den auf naher Straße tosenden Verkehr.

Irgendein Vers fiel ihm ein: „Ich hört ein Bächlein rauschen, wohl aus dem Felsenquell ..." Sinnloskram, Schnickschnack. Alles nahm er überdeutlich wahr, wie durch ein Erkenntnishörrohr verstärkt. Jede Passantin, die auch nur eine entfernte Ähnlichkeit mit Xenia hatte, zog ihm das Herz zusammen.

Er war ein Gescheiterter, daran war kein Zweifel. Seine Sicht auf sich selbst unterschied sich in nichts von der Sicht seiner ihn umgebenden Sozialität. Aber er galt doch bei einigen intelligent-biederen Zeitgenossen als Lebenskünstler?

Drei mittelgut gekleidete Banker gingen blubbernd vorbei. *Was für kapitale Esel!* Er lächelte.

Seine Ästhetik einer kleidungsmäßigen Autonomie war zwar oft etwas grotesk – Anzüge aus den 1930er Jahren – aber dennoch Äonen von der dröge-habituellen und rein auf Kommerz ausgerichteten Ausstrahlung dieser drei Bankwürstchen entfernt. *Käseköppe,* dachte Balve neidisch-amüsiert und stellte das Kassettenteil des Autoradios lauter: Schubert! Wohin? Er dachte daran, dass jetzt zwingend Xenia die Straße entlanggehen müsste und ihn, im Auto sitzend, entdeckte. Was wäre damit gewonnen ...

Xenia. Ihr Name enthielt Schmelz, Mannesobsessionen, Frische und frühe Reife ... Die Liebe zu ihr war für Timo eine Sache seines Körpers und seines Geistes. Den letzteren schätzte Xenia durchaus und auch hoch ein ... das Äußere seines Kopfes und die ihm anhängende Gestalt leisteten Timo, oder besser gesagt, Timos Grips, indes keine ganz ebenbürtige Gesellschaft ...

Timo rief am Abend herzklopfend die bei ihrer Mutter lebende Xenia an. Er besaß nicht die Telefonnummer von der Mutter, die mit irgendeinem zur Honeckerzeit in die DDR gekommenen dicken Polen zusammenlebte, weswegen er, sorgfältig Kosten sparend, eine Probyter - Vorwahl vor Xenias Funknummer wählte.

„Nur 18,5 Cent pro Minute" sprach eine sich wirklich freuende mechanische Frauenstimme im Hörer, dann kurzes Wählpiepen. Nur nicht aufgeben. Beharrlichkeit bringt Rosen! Vielleicht stimmt es, wenn Kant schrieb: „Du kannst, wenn du sollst." Sicherer schien für Timo:

„Du kannst am besten, was du willst." Von der ständigen Erfahrung genährt, nur ihre Mail-Box zu erreichen, wo er nach einem Piepton eine Nachricht quasseln sollte, war er auf keinerlei andere Option vorbereitet. Dann, etwas Entsetzliches, hörte er das glucksende Lachen von Xenia und ihr hohes, mädchenhaft fragendes „Ja?"

„Ich bin's, was machst du grade?" „Ich schreibe am Nachtlicht." Dieser Titel nun war Timos ureigenste Erfindung, sein zutiefst eigener epischer Atem, den er nur zu gern für sie schroff anhielt und opferte: In einem Anfall intellektueller Großmut und Liebe hatte er der jung-schriftstellernden Xenia zu ihrem sichtbaren Gefallen vor Wochen ein Gerüst, eine Skizze entworfen. „Das ist ja Wahnsinn, gut, dass ich sitze! Bist du an deinem neuen alten Computer?" „Nein, an einer Schreibmaschine.

Ich bin bei einem Freund. Es klappt Freitagnachmittag nicht." „Aber die Woche drauf? *Wenn' s kommt, dann auch gleich richtig!* Das dachte Timo auch. Er fühlte, wie etwas Grauenvolles nach ihm griff. Alles zog sich zusammen. Ein Schweigen wuchs zwischen den Beiden auf und verdichtete sich zur Erwartung. Sein Schluchzen verbergen wollend, sagte er rasch „Gut, schreib!"

„Ganz sicher?" „Gut, auf Wiedersehen." Es knackte in der Leitung. Timo Balve legte zitternd auf.

Seine alte Tante Alice, die jahrelang im elterlichen Haushalt wohnte, pflegte in solchen Augenblicken greisenhaft krähend ihr zynisches „Fabelhaft" zu rufen!

Diese weisende, grausam - berichtigende, vielleicht unbeabsichtigte Pseudo-Ehrlichkeit: „Ich bin bei einem Freund." Aus welchen Beweggründen wird so was gesagt? Er analysierte, völlig fertig, mit fliegenden Händen mittels einer Adenauer-Tabelle: A) aus dem Kasus, beiden Zuhörern, also sowohl dem im Raume mithörenden als auch dem Telefonkommunikations-partner eine Information über deren eigenen Wert zu geben. Dem unmittelbar dinglichen Gegenüber, dem Mithörenden: „Du, ich bin dein Freund!" Vielleicht um eine Teilabhängigkeit mit Wertschätzung entlohnen zu wollen? B) Dem Mensch an der entfernten Hör-Muschel, in dem sehr konkreten Fall Timo: „Du, ich habe einen Freund!" Entweder um zu entwerten:

„Du, auf dich bin ich nicht absolut angewiesen.", so ne Art Souveränitätsherstellung ... oder weil sie so ehrlich sein will, zuzugeben, dass sie gerade bei ihrem Fickfreund ist, um im Hernach immer behaupten zu können: „Timo, ich hab dir das *immer* gesagt ..." Es ist schwer, jemanden zu wecken, der sich schlafend stellt. Timo Balve sprach aus lauter Traurigkeit mit sich selbst: Wenn es dich tröstet, ich fühle mich beschissen. Antwort: Es tröstet mich nicht! Diese nennen wir es mal ehrliche Gewissenlosigkeit – eher wohl ehrliche Nichtrücksichtnahme, besser noch, auf wen man Rücksicht nimmt, den achtet man: Eine ehrliche Nichtrücksichtnahme der Nichtachtung! Timo begann sich zu verheddern. Es war schwer, sehr schwer, ohne Erwartung zu lieben.

Er wurde sich bewusst, bald Ende Dreißig zu sein ... die Zeit schien vorzugehen wie eine billige Taschenuhr aus dem Katalog.

Er fuhr zu Ralph Rosentreter. Bei dem sah aus wie immer. Wie nach einem Angriff der alliierten Luftflotte: Auf dem Zimmerboden lagen Strümpfe, Fotos, Focus-Illustrierte, Papierblätter, Zeitungen. Ein abgebrochener Aststumpf des hässlichen, blätterarmen Gummibaumes war mit einem feuchtigkeitsfleckigen Papiertaschentuch, welches mit farbigen Schnippsgummis fixiert war, abgedichtet. Oh Gott, dieses Tempotaschentuch an der Wunde des Gummibaumes! Notabene: Es sah aus, als ob Ralph da reingewichst hätte. Mitnichten!

Timo wusste natürlich, dass es der Saft der mickrigen Pflanze war, welche den Zellstoff tränkte. Dieser Verband erinnerte an sanitätsmäßige Hilflosigkeiten der Schlacht von Solferino. Henry Dunant, Rotes Kreuz, Pferdekadaver ...

Aus von einem ihm befreundeten Fotoverkäufer zur Weihnacht geschenkt bekommenen überlagerten Stapel Filmmateriales hatte Rosentreter unnützerweise einen kleinen Triumphbogen auf seiner simplen Kommode errichtet: Timo freute sich! Der Wilhelm Busch - Spruch „Dummheit, die man bei anderen sieht, wirkt meist erhebend aufs Gemüt." fiel ihm ein.

Xenia hatte ihm die Spruchweisheit vor Monatsfrist, welche diese einer französischen Zigarettenpapierverpackung entnommen, geschenkt.

Auf der wie stets staubigen Tischplatte stand in einem natürlich von *ihm* geburtstagsgeschenkten Bilderhalter aus künstlich patinierten Hotelsilber ein braun getöntes Hochzeitsbild von Ralphs liebwerten Großeltern, die das 1936 gebaute, zu große Haus durch Landverkäufe ihrer üppigen Bauernwirtschaft finanzierten.

Er wendete in Windjacke und Schlips die Bratwürste und sein großes Jungengesicht zu Timo: Der nun sah mit einiger innerer Belustigung an Ralphs Ohrläppchen Reste von Rasierschaum.

„Du bist halt eben nicht ausdauernd!" sagte Rosentreter eine Spur zu mokant im Verlaufe des Abends, als es um Tätigkeit im Allgemeinen und Bibliotheksrangordnungen im Besonderen ging. Timo war innerlich außer sich! Wie konnte ... Und überhaupt!

Er dachte an die niedliche Initiantin seines Herzensleides und ärgerte sich gleich noch mal! *Nicht ausdauernd genug. Nicht ausdauernd genug! So ein Arschloch!*

Das Schlimme war, dass der Rosentreter ja auch noch Recht hatte! Timo rechnete: Er machte jetzt Xenia seit 42 Tagen den Hof. Man sah sich alle Woche, durch vorgebliche Zeitnot der Hauser manchmal nur wenige Stunden. Insgesamt war also erst etwas über eine Woche Realzeit, Timo nannte sie scherzhaft „Nettozeit", vergangen. Was wollte er denn in dieser Spanne erreichen? Alles! Ganz George, ganz unreal lyrisch, ganz weltfern: "Zieh mit mir geliebtes kind / in die Wälder ferner kunde / und behalt als angebind / nur mein lied in deinem munde." Nein, nicht Bulgarkov, diesen höchst liederlichen Unsinn, den Xenia begeistert vorlas; nein, mitnichten, sondern Stefan George ...

Er wusste durchaus nicht, was Xenia an ihm lag, und was ihr an Wochenend*vor*planung zumutbar war, ohne dass sie sich genötigt fühlte ... gedrängt. Er getraute sich kaum etwas vorzuschlagen ...

Als die kommunikationsziehende Lokomotive rief er sie selbstredend bis dato noch im Dutzendpack an ... die freundliche Firmen-Stimme ihrer Mailbox am Apparat habend ... um, wenn er sie doch erwischte, sich eine abgespeckte Variante seiner Wochenendgestaltung gegenvorschlagen zu lassen, die Timo in der Angst annahm, die kleine Hauser sonst überhaupt nicht zu sehen ...

Wieder bei Xenia Hauser. Timo lenkte seine Kiste geschickt in die enge Parklücke vor dem nach der Wende hastig gebauten einfallslos-weißen Reihenmietshaus, in welchem Xenia wohnte. Chauffieren konnte er ja nun ganz leidlich. Noch aussteigend machte er in seinem hellen Anzug aus einer gewissen Entfernung bei Intellektuellen immer einen passablen Eindruck. Auf das Lieschen vom Lidl freilich nicht! Aber wir sind ja bei der Hauser, Xenia Hauser. Timos Züge hätten sich verklärt, hätte man den Namen in seiner Gegenwart ruhig-bedeutungsvoll ausgesprochen. Aber es sprach ihn keiner aus.

Die zwei engeren Freunde, die er hatte, und denen er sein Leid klagte, sahen den Irrweg. Dazu gehörte nicht viel. Auch Timo sah ihn. Aber trotzig sagte er, wie ein Mittelding zwischen Uhu und alterndem Goethe sich einen Ruck gebend, mit blitzenden Augen: Noch ist meine Zeit nicht um! Noch nicht.

Timo sah mit Entsetzen ein grünes, leichtes und teenagerhaftes Motorrad der Marke MZ vor Xenias Hausengang stehen ... *Da ist kein Mithalten, lieber Timo,* dachte er rasch und erwartete, dass sogleich ein junger, gut gebauter, genetisch gesegneter Basecap-Träger - denn nur *der* konnte in Märzkälte Krad fahren - aus Xenias weißer Plastikhaustür kommen müsste.

Timo nannte sich einen Affenpriester: „Das ist ja gar nicht erfreulich!" sagte er halblaut vor sich hin.

Seitdem er diesen Ausdruck in der englischen Titanic-Verfilmung aus dem Jahre 1958 gehört hatte – gesprochen durch den Besitzer des Schiffes, einem Bruce Ismay, während sich Kapitän und Konstrukteur auf der Kommandobrücke tief resigniert über das bestürzende Ausmaß der Katastrophe unterhielten -, benutzte er ihn auf ähnlich hoheitsvoll - kommentierende Weise bei den eigenen, ihn fast ständig begleitenden Schiffsuntergängen.

Er wollte mit ihr nämlich zur Orsburg fahren. A) kannte er den dortigen Kustos, Heiko Beigries, der als Chimäre zwischen Hausmeister und Wissenschaftler dem Burgmuseum, seinem Bauchansatz und zwei kichernden ABM - Tanten vorstand; B) besaß er eine relativ perfekte Kenntnis der dortigen Historie nach einem Vierteljahr Studenten-Praktikum in diesem pittoresken, völlig efeu-umwachsenen Gebäude.

Er konnte und wollte dort also vor Xenia „fetzen", zumal ihm Beigries, der pusslige Direktor mit sehr hervorquellenden Augen und gelichtetem Haar, ohne Bedenken den voluminösen Schlüsselbund der Burg in die Hand gedrückt hätte und in seinem weiß gestrichenen Büro an einer ältlichen elektrischen Schreibmaschine der Marke Triumph-Adler verblieben wäre, an einem seiner Sinnlos-Artikel für die vierteljährlich erscheinenden Orsburg-Schönberger Heimatblätter (kurz OSH genannt!) arbeitend.

Was war das aber alles gegen eine grüne MZ. Das Leben ist schön, Kulturscheiße ist besser, aber was ist das alles gegen eine grüne MZ! Weniger als nix!

Weißt du, Xenia", sprach und dachte er sich mit nassen Augen beim krachenden Starten des Wagens, *„... weißt du Xenia, mein schöner Traum: Ich muss die Orsburg nicht um meinetwillen sehen, ich muss mit dir nicht nach Schönberg fahren; ich muss nichts um meinetwillen sehen, und weißt du, warum? Weil meine inneren Landschaften heute größer sind als die äußeren! Als all das, was ich irgendwann gestern bereits physisch-platt gesehen hatt, was mir auch schon bekannt ist, was mir bekannt war, als du noch mit grellen Barbie-Puppen spieltest.*

Oh, Timo war jetzt das Böse selbst! *Ich mache das nur um deinetwillen Xenia, nicht um meinetwillen ...*

Regungslos saß er auf dem Fahrersitz. Über der Motorhaube flimmerte es savannenhaft: Das Blech strahlte Wärme in den märzfrostigen Tag ab.

Es ist ja alles Nonsens, Hokuspokus. Ohne abzuwarten, ob jemand und wer tatsächlich aus der weißen Plastiktür käme, fuhr er nach Hause und legte eine Tonbandkassette mit Joseph Schmidt ein. Nur der konnte und mochte jetzt noch helfen. Diesem kleinen Muck (er war nur 1,50 m groß) war eine Bühnenkarriere nicht möglich ... Timo hörte nur tote Tenöre. Prinzipiell!

Dieser war im November 1942 in der Schweiz gestorben.

Das passte. Er öffnete eine Vollmilchschokolade aus ebendiesem Alpenland, schlug das knisternde, dünne Silberpapier zur Seite und aß gierig in großen Stücken. Glücksendorphine, haschend diese Mangelware. So oder so aus der Schweiz. Schokolade versetzte Timo immer in eine still gesättigte und lauwarme Stimmungslage.

Kauend dachte er mit heißen Augen nach und versuchte sich mit einem neutralen Gedankenthema abzulenken. Er erinnerte sich seines diesnächtigen Traumes: Schmal und behend wie ein Reh ... ein herrliches Geschöpf mit ihren dichten blonden Haaren ... wie hingezaubert hatte sie plötzlich vor ihm gestanden und lächelte ihn an ...

Es fügt sich nichts, dachte er, *die Tage rattern eisern, Gram tauscht sie aus ... wie eine Wunde, aufgebrochen und entzündet.* Schon allein das Dasein schmerzte.

Der Verstand erbarmte sich nicht. Er ging hastigen Schrittes zum Heidenthaler Stadtrand hangaufwärts. Die Fläche kippte nach Süden, bot Ferne, Karst trotzte in herben Bildern, wich dem Nordlicht aus. Nichts schien so zu schmerzen, wie fehlgeschlagene Erwartungen ...

Allmählich dann dämpfte Dämmerung Emotionen, Geschrei erstarrte zu Schweigen, Zorn zu Ernst, das Seitental zerfloss zu kaltem Blau. Timo Balve stand verspannt da und ragte silhouettenhaft ins Licht. Es schien, als ob er angestrengt auf etwas lauschte.

Es war inzwischen Abend geworden. Kühler. Ruhig, fast still. Die Luft wurde matt. Und mit der Müdigkeit kam die alte Toleranz. Tolerare. Wörtlich aus dem Lateinischen: Ertragen! Trotzdem dachte Timo an der mädchenhaften Xenia aufreizend kleine Brust ...

Eines von vielen Enden scheint schnell erzählt. Eine nicht ungesunde Eitelkeit bewahrte ihn davor, sich als der völlig unglückliche Werther zu geben. Da war er geradlinig! Was nicht ging, das ging nicht ... Aber gleich noch mal, weil's so schön ist und trefflich passt, ein Faust II – Zitat: „Wenn du nicht irrst, kommst du nicht zu Verstand." Gut, nicht? Auch vom Mephiste!

Die ganze Woche nach dem letzten Telefonat versuchte Timo sie zu erreichen. „Guten Tag, hier ist die Mailbox des Vodafone-Anschluss 0174/2 ..." Am Freitagabend klappte es. Mit der Verbindung. Nur mit der Verbindung. Kurz war sie. Keine fünf Sätze. Ihr hohes „Ja-ah?" Timo: „Klappt es morgen mit unserem Sehen?" Xenia: „Eigentlich *weniger.*" Timo war zutiefst geschockt. Er spürte, dass sie nicht allein war. „Wann sieht man sich da überhaupt?" „Weeßsch nich. Muss ich spontan entscheiden." Timo mit ersterbender Stimme: „Gut, dann auf bald." Für ihn war es ein Abschied für immer. Einer von vielen. Einer von vielen von Xenia. Nur aus altem Beziehungs-aberglauben warf er nicht krachend - radikal die Tür ins Kastenschloss der Endgültigkeit: Die Welt könnte ja morgen beinahe vollständig, einschließlich Xenia-freundes, aussterben, und nur er und sie blieben übrig!

Da dies nun wirklich stets ein naher Tag war, wollte er sich nix verderben ...   Er dachte auch an die vielen Fahrten zu ihr ins ostsächsische Burgstädt: 130 Kilometer von Haustür zu Haustür; Heidenthal-Burgstädt. Allein der Benzinpreis. Und der Steueranteil! Sogar der Staat hatte ein gutes Sein ob des Timo Balves total erfolgloser Seladon-Verliebtheit! Mit monetärem Geisteshintergrund kam das flaue Erinnern an einige Restaurant- und zu zweit naturgemäß eintrittsintensivere Galeriebesuche.

Timo dachte auch an die Richard Strauß - CD, die er selbst gern gehört („Also sprach Zarathustra", wie wunderbaaaaahrrr), aber in einem Anflug von Sentiment und Hoffnung *ihr* geschenkt hatte ...

Dachte auch an ihre CD mit wirrer, aber durchaus nicht unintelligent-freakiger Musik (Hieß die Gruppe nicht „Apokalypse"; wie passend!), die sie in Timos Auto hörten und vergaßen. Auch an ein von ihr ausgeborgtes Heftlein „Leonce und Lena", dass er ihr in den Umschlag stecken und zur Haydenstraße in Burgstädt verschicken würde.

Sprechen wir nicht davon. Immer noch hoffte er. Bekanntermaßen stirbt diese zuletzt! Nein, dachte er mit pathetischem Selbstmitleid, *Xenia Hauser, du hast's verwirkt. Du hast mir deutlich gezeigt, wo ich auf der Rangleiter deiner Sozialität stehe. Mir! Timo Balve!*

Er pisste mit einer gewissen nachmittäglichen Andacht in sein peinlich rein gehaltenes Toilettenbecken. Draußen hörte er Vögel singen. Durch's Scheißhausfenster fiel ein heller Tag. Sein Inneres war Schmerz, entbehrende Trauer und mutloses Gefühl, das trotzdem seinen Stolz hatte.

In der Wohnung nebenan schimpfte Frau Luhe mit ihrem dicken Eheliebsten. Er schaltete ob der Hellhörigkeit seiner Wohnung die Lautstärke seines Fernsehers mittels der Fernbedienung auf sehr leise.

Wahrlich, wahrlich, wären die Wände so dünn, wie sie schalldurchlässig waren, er könnte seine Nachbarin, die stets mürrische Frau Luhe, sogar schemenhaft sehen.

Missmutig schaute er sich mittels seines neuen, mattsilbernen Videoplayers die Hardcore - Anfangsszenen eines wirklich besseren Labels in der Hoffnung auf Entfrustung und Triebabbau an, fraß weiter Schokolade und dachte dabei an Xenia. Hinter der Mattscheibe trieben sie's heftig auf einem knallroten Rolf-Benz-Sofa. Das hellhäutige, kleinbrüstige Fick - Nixchen war rasiert und hatte ein Fledermaus - Tattoo über der Steißgegend. Er blickte interessiert auf ihren hübschen, rosigen Po und dachte sich: hm, so sieht das also aus. Seine arg wenigen Frauen waren nicht tätowiert gewesen ...

Als die doch sehr aktiven Geschöpfe eng umschlungen urplötzlich von der Couch auf den Flausch-Teppich fielen, knipste er, hastig aufstehend, aus. Das war ja nicht er. Mattigkeit und bitterer Geschmack blieb. Ein feuchtes Küchentuch warf er in noch neuen weißen Mülleimer. Timo schaute ärgerlich aus seinem Fenster: Alles Pärchenbetrieb!

Er nun kam sich als Mann, der er ja nun seit seiner Geburt und laut standesamtlicher Eintragung zweifelsohne war, so unnütz vor, so durchaus sinnlos. Gab es nirgendwo eine Seele, eine Frau, die Eine, die Einzige? Sentimental!

Ihm stieg brennend der Rauch seiner Selbstgedrehten ins Auge. Er dachte an ihre leichtfüßige Bemerkung „Auge raucht mit!" und wand sich in Qualen. Im rechten Ohr summte es, als wäre irgendein Heizlüfter nicht abgestellt. *Scheiß Tinnitus!* Sah sein in den Jahren breit gewordenes Gesicht in der spiegelnden Verglasung des dunklen Bildes an der sametblumigen Tapete. Bei Gott kein Zentrum und Port der Attraktivität.

Balve, dein Leben verrast, Timo, so ne Riesenkacke, dachte er und litt wie toll. Er erkannte resignierend: Die gigantische Wesenstiefe, die er lyrisch-romantisch und liebesbedürftig bei Xenia sehen wollte, hatte sie. Aber eben nur für *sich selbst!*

Keiner enttäuscht gern durch seine Person „an sich". Aber das ist wie im Roulette – man kann sich überwinden, in diese Prunkgebäude aus blanker Neugierde hinein-zugehen. Man kann jetzt auch noch Jetons bei einem der schnarrenden Croupiers kaufen, im sicheren Bewusst-sein, diese zurücktauschen zu können. Sie aber zu setzen, bringt das Risiko des Verlustes - oder auch das Ergebnis des vervielfachten Gewinnes.

Man kann natürlich auch die Jetons in der verschwitzten Hand halten, ohne zu spielen und sich ärgern, wie Andere gewinnen. Nichts schien ohne Risiko. Er war jedenfalls durchaus nicht willens, seinen Jeton sicherheitsbedürftig und das Dasein versäumend in der Pfote zu behalten ...

Auch unterteilte er nicht platt und vordergründig in die menschlichen, allzumenschlichen Kategoriepärchen „Richtig - Falsch" und andere Gut-Gemeintheiten von Plato bis Bloch, zu dialektisch vernetzt schienen ihm diese Gegensatzbegriffe: Das Leben schließt zwar Gutes und Schlechtes ein, aber das Schlechte macht das Leben sicher keinesfalls lebenswerter! Definierte „Schlecht" allenfalls als Beeinträchtigung seines Lebenswillens und dessen Äußerungen: Mörder, verdorbene Lebensmittel, abstrus rasende Mantas, nicht gefüllte Feuerlöscher im Brandfall oder geschickte Betrüger, wie der Tartuffe aus dem Moliere-Stück. Die machen keinesfalls das Leben werter - sie mögen dazugehören, verwertvollen es aber nicht!

Timos Frauen-Suche schien auch die nach dem „*neuen*" Menschen zu sein, nicht neu im Sinne des Zeitwortes, sondern ganz nietzscheanisch anmutend neu sich in bestimmten ethischen, sittlichen und moralischen Sichtweisen von der restlichen, üblen Fabrikware unterscheidenden Menschenpersönlichkeiten ... sozusagen "lachende Löwen". Nun gut, Myriaden gab' s davon nicht ...

Seine unmittelbare Lebensumgebung war weder von tagorehafter Weltgüte noch Altruismus durchflutet, beinahe täglich entlarvte Timo sie zu eigener Enttäuschung neu.

Er tippte noch eine SMS auf dem Handy eines zufälligen Bekannten, nachdem ein Brief von ihr eingetroffen war, bekam sie gleichentags wohl auch noch ans Telefon ... wieder ihre Tonlosigkeit ... Da gab er's mit Endgültigkeitscharakter auf.

Eine Scheu vor Erschütterung hielt ihn ab, noch zu telefonieren. Er dachte an das Rosentreter-Wort von den Pferden, die man füttert, aber nicht reiten kann. Wieder zerbrach etwas in ihm. Ob er kurz vorm Ziel aufgab, ob er Meter oder Meilen von ihrer Hingabe entfernt war, sollte ihn, überschattet von zurückgewiesener Liebe, Zerstreutheit und Schmerz, einige frühe Frühlingswochen in stiller Zeit beschäftigen.

Er lächelte resigniert und fischte nachdenklich mit seinem Zeigefinger einen großen grauen Aschenkrümel aus seiner bunten, mit schwarzem Kaffee gefüllten Keramiktasse, welcher beim Zigarettenrauchen hereingefallen war.

Inzwischen donnerte das erste Maigewitter über unseren angstvollen Timo, und die Apfelbäume verblühten wie seine Träume. Überall diese weißen Blättchen! In ihrer Heftigkeit sogar von ihm unerwartet, überflutete ihn eine Welle der Traurigkeit. Die Gene trauerten. Dachte daran, wie es gewesen wäre, mit ihr zu schlafen. Er dachte, offen gesagt, nicht „geschlafen", sondern ohne die zotige Aura mitzudenken, genagelt. Hm! Dachte an ihren weißen Brustansatz, den er mit gekonntem Blick stahl, als sie sich im Auto nach dem Feuerzeug bückte, sein Zigarettenanzünder war schon lange kaputt, irgendein Kabel war zerschmort und erzeugte ständig einen Kurzschluss, die kleine Stecksicherung flog immer mit winzigem Patschgeräusch entzwei. Bei eben diesem Bücken passierte es: Er sah ihre kleine, wohlgeschnittene Brust. Zumindest einen guten Teil davon. Den Rest konnte er rasch geistig ergänzen. Er besaß nicht nur hier eine rege Vorstellungskraft und wache Phantasie. Ihre Brust! So eine, wie man sie auf römischen Gemmen mit sehr schlüpfrigen Szenen findet. Nicht zu üppig! Beim Einsteigen hatte er auch ihren Slip gesehen, der eher wie rotes Geschenkband anmutete und die helle Flanke ihres Hinterns freigab. Glatte, makellose Haut. *Kleine Venus Kallipygos, für wen bist du eingepackt*, dachte er … „Dich hätte ich gerngehabt!" Und noch einmal, mit mehr physischer Retrospektive und stärker entwickelten Freßwerkzeugen: „Dich hätte ich gern gehabt …"

Timo erinnerte sich, wie er sie vor einer Woche mit belegter Stimme fragte: *„Sag, könntest du dir ne Affäre mit n' Mann vorstellen?"* *„Du meinst dich damit? Es gibt Beziehungen, die gehen nicht über wirklich hohe gegenseitige Sympathie hinaus. Ich habe die Männer, die ich hatte, immer gehasst, weißt du? Danach! Ich will dich nicht verlieren, ich brauche dich noch. Auch mit dem Studium ..."*

Er sah nach unten. Blickte dann düster in die Flussaue. *„Lass uns gehen, eh es wieder regnet."* Er dachte daran, dass dies der sicherste Weg ist, sie zu verlieren. Gesagt hatte er nichts. Durch Xenias Raster geglitten ... was bedeutete die Aussage reduziert?

Doch nix weiter, als ein „Du reichst nicht!" Simpel durchs Raster geglitten! Durch ihr Raster geglitten ... Sicher, sie könnte. Klar könnte sie. Aber eben nicht mit dir, dachte er. Was für eine Ablehnung. Was für eine totale Ablehnung. Was blieb da noch? Er ging ihr voraus und kämpfte mit den Tränen.

Nach zwei Bier war Timo in der Lage und willens, darüber zu sprechen: *„Sie hat verneint. Noch nicht einmal besonders verklausuliert verneint."* Rosentreter meinte: „Scheiße. Denn „Ja" kann man nämlich immer sagen, weil man die Einlösung des Bejahten immer noch hintertreiben kann.

Neinsagen kann man auf keinen Fall, auf keinen Fall, weil die Optionen des Neinsagers schwinden. Er hat keine Möglichkeiten ... Er nagelt sich mit dem Nein zu fest und kann sich nicht mehr bewegen.

Aber bei allem notwendigen Ja und Nein können wir stolz darauf sein, die Welt als Schweinestall farblich markiert zu haben und zu sagen: Am Ende fast aller Ketten steht die menschliche Bosheit, Dummheit und Egoismus..." Rosentreter war heute erstmalig philosophisch-scharfsinnig! Timo war heute eher blöde: *„Wie meinst du das mit den Ketten?"* meinte er, um überhaupt etwas zu sagen. Er hatte nämlich nicht hingehört, sondern an Xenia gedacht. Ralph Rosentreters Vorträge waren oft Variationen auf ein ihm seit gemeinsamer Studentenzeit bekanntes Thema. „Interaktionsketten, Ursachenketten; keine Uhrketten oder Sträflingsfesseln, liebes Timochen! Was anderes: Ihr habt getrennt geschlafen?" Er antwortete zögerlich, einen weiteren in der langen Reihe seiner Körbe zugebend: "Hm, ja: Sie in der Stube, ich im Arbeitsraum." Ralph: „Gut, es war ja auch nicht *viel* anders möglich!" Timo lächelte matt und resignierend: „Ja, kaum!" „Und wie hast du' s gelöst?" „Hab ihr gesagt, dass mein bisschen Grips, den sie sicher schätzt, sicher durch mein wohl zu reges Libido erkauft ist, und das ich nicht nur Philosophie - Scout, Kultur-Guide und Lehrer sein kann und für den Rest Sinnlichkeit und Triebabbau andere da sind und ich ausgeschlossen bin, dass es mich eben nur im Doppelpack gibt." „Und sie?" „Sie fragte mich, wie wir das lösen." „Und du?"

„Nun, ich sagte, dass ich sie jetzt nach Hause fahren werde!" „Ja, Timo, s' ist komisch, da kannste einen Hundertmarkschein nach´ m andren verpulvern und dein Gegenüber rückt keinen Groschen raus ... s' hängt mit der Überbewertung des Eigenen zusammen, die ha´ m alle n' ganz komischen Umrechnungskurs mit dem was sie nehmen, zu dem was sie geben ... so wie einst die D-Mark zur Ostmark ... eins zu elf ...oder meinetwegen noch mehr ... komische Brut! Man soll bei so was aber auch immer ein wenig Abakus bleiben!"

Ralph meinte wohl das Rechengerät mit den Kugeln, kaum die obere Abschlussplatte eines korinthischen Kapitells ...

Er hatte bis jetzt nur halbherzig versucht, sich dieses Gefühl zu entreißen ... trampelte bislang nur vorsichtig darauf herum, um ja nicht alle Flammen zu ersticken.

Er wäre ihr gern alles gewesen ... der Nachtwind und die Sterne ... Aber es war nur seine geistige Beweglichkeit gefragt, seine sensible Empathie, seine behutsame Fähigkeit zum Lenken, seine Qualitäten als Vermittler von Kulturscheiße. Alles Fähigkeiten, die sich auf Xenia bezogen, nur auf seinen eigenen Wunsch nach mehr, nach allem mit ihr Rekrutierten und Verursachten.

Was dachte sie denn, aus welchem Kasus dieser ganze Aufwand mit ihr betrieben wurde …

„Ja, das ist natürlich konsequent, was de da gemacht hast, du kannst da nicht n' alten weisen Mann mit langem Bart spielen." „Und mit langem Atem!" ergänzte er. Rosentreter lachte, feist keckernd: „Dir rennt die Zeit davon!" „Das habe ich ihr so ähnlich auch gesagt. Ich kann nicht neben einer Frau so wie die kleine Schwester sitzen … so ohne jeden Funken Körperlichkeit." meinte Timo. „Ich habe sie auf dem Foto gesehen" sagte Ralph Rosentreter, „sie schien mir eine Spur so, als ob sie sich die Dinge zurechtlegen kann." In Wirklichkeit dachte Rosentreter allerdings: „Charaktermaske!" Er wurde allgemein: „Lerne zu hassen und misswollend zu urteilen, es erspart dir Nähe und damit verbundene Enttäuschung, sowie Verluste, deren Impetus falsche Schmeichelei und eifrige Hilfe sind. Bei hohem Misstrauen und Fremdheit gegen deine nähere soziale Umgebung entstehen keine Verpflichtungen, kein Mitleid, allenfalls sei es ein abstraktes, unkonkretes." So der gescheite Rosentreter

Nein, das Leben war nicht das, was er sich vorstellte … Gut, jetzt hieß es, Konsequenz zu zeigen, nun gut … Hieß es das wirklich?

Es war unterdessen ein nicht allzu warmer Sommer geworden (der vorjährige war indes dagegen geradezu tropisch gewesen) und ein spätabendlicher Brodem von überreifem Kornährenduft drang durchs weit geöffnete Fenster seiner Altbauwohnung am Rand der kleinen Stadt.

Wieder niemand, der mir den August beginnen hilft ... Er sah, nur mit einem fein gerippten, durchaus spießig-weißen Unterhemd bekleidet aus diesem Duftfenster und dachte an sie, an Kornfelder ... und an die menschlich mögliche Zweisamkeit in diesen gelben Flächen ... Ach, ach ...

Er sah auch nach unten auf seinen schwarzen ältlichen und monströsen Benz im Hinterhof (eines der wenigen Objektereignisse, das bei ihm n' paar Serotoninergüsse erzeugte) des Hauses stehend ... hätte er einmal in ihm doch Xenia ... nein, nein, er schlug nur brav die Beifahrertür zu, wenn sie sich langbeinig – elegant und leichtgewichtig auf den fellbezogenen Sitz plumpsen ließ. Anstatt sie zu ...

Timo rauchte eine Zigarette, wie so viele in den letzten drei Wochen ... aus Frust, Resignation und flacher Abspannung. Las zum x-ten Male ihre Zeilen ... kramte diese wohl dutzend Male aus der Jackettasche, bei jeder sich bietenden Gelegenheit las er ihre Zeilen. Ihr letzter Brief! „Versteh mich mal."

Mag sein, dass sie derzeit über ein kaum erträgliches physisches und psychisches Maß übermäßig in ihre kleine Studentinnenwelt selbstintegriert, eingebunden und vernetzt war. Für ihn schien kein Platz. Oder waren es alles Ausflüchte, um Annäherung zu hindern? Klar! Sie unterteilte ihre Umgebung fatal in Menschen, die sie brauchte, und Menschen, die sie liebte ... Für ihn schien nirgends Platz: Seine Sterne schienen zu sinken und zu stinken... Der schwüle Juli-Himmel war plötzlich dunkel und bleigrau geworden, irgendwoher kam Donnergrollen. Die Landschaft unter ihm schien Timo entfremdet.

Er dachte an die wenigen Momente echter Freude in seinem Leben: Als seine erste Freundin ihre Brille ablegte und ihren BH öffnete ... an sein Teeny-Motorrad und das dunkle Auto.

Er liebte sie. Das war ein großes Wort. Oder war es nur verbissene Wut? Er hätte in ihr Leben sowieso nicht so arg eindringen können, Er wusste, dass sie sich in diesem Alter nicht binden kann. Nein, genau wusste er es nicht, warum konnte sie das eigentlich nicht?

In eine verbindlich - konventionell - einengende Bindungsrolle hätte er sie so oder so nicht gedrängt. Das wäre ihr bei ihm erspart geblieben ...

Er liebte sie ohne Gegenliebe. Bis zu seinem sachlichen Selbstgeständnis, sich eine platonische Beziehung nicht leisten zu können. Er redete sich geraume Zeit ein, sie müsste sein Gefühl nicht beantworten, so wie beim verbummelten Kaufmannsladen an der Ecke, wo man zur plump – notwendigen, monetären Gegenleistung für Empfangenes schreitet.

Keiner goss ein bisschen lindernde Kühlflüssigkeit auf den zerbeult - überhitzten Seelenkühler seiner Existenz, sie schrieb nicht. Allein und völlig allein scheinen wir, wie jedermann auch, und hätte man der liebenden Freunde in Menge, wichtige Wege zu gehen ...

Zögerlich fing es an zu regnen. Tage, ja Wochen war es bereits kühl gewesen. Gestern nun wölkte es sich am späten Nachmittag zu. Ganz unmerklich. Ein halber Liter Bier stand schäumend vor ihm. Geradezu eine goldgelbe Verheißung! Ein gutes Bier kann so sein wie Sekt, meinte der sehr unintellektuellen Trinkgewohnheiten frönende Timo. Im Moment fiel alle orestische Getriebenheit von ihm ab und wich dank des zweiten Glases einer eher stillen Resignation und dem raschen Durchdenken des Gewesenen. Nicht lange, denn Timo holte sich vom Kühlschrank bald ein drittes, welches er dann mit nicht mehr ganz so überzeugend langen Zügen trank.

Nach einem total verregneten August war es Anfang September noch so warm, dass man hätte theoretisch im Freien ficken können. Allein: Timo hatte niemanden, um dies durchzuführen. Von Xenia keinen Brief, nicht einen.

Morgens stieg Nebel auf. Timo versuchte, dass Mörike-Gedicht zu zitieren, es gelang ihm nicht ansatzweise. Er ärgerte sich. Trotzdem war Sonne über der unruhigen Stadt und ihren Dächern. Wunderbares Licht! Das Auto brummte. Ein Teil vibrierte, wenn der Motor abtourte. Gottlob klang es nicht allzu gefährdend. Abgeerntete Felder. Efeuumwundene Eichen im Morgenlicht. Gott, dass Licht! Die Sonne beleuchtete flach hüglige gelbe Stoppelfelder und gab ihnen eine unwirkliche Tiefe und Scheideschönheit.

Trotzdem musste er mit breitem Kopf zum nächstgelegenen Arzt. Er mochte Doktoren nicht. Seit seiner Kindheit mochte er sie nicht. Gott, was haben die an seinem Augenlied herumgedoktort, rumgespritzt! „Bandscheibenvorfall! Ich krieg ja ihr Bein kaum hoch, ohne dass sie sofort quieken!" sagte der weißbekittelte Grobian mit Namen Drispenstedt. „Herr Balve, nehmse das nicht auf die leichte Schulter!" *Wunderbar*, dachte Timo, *derzeit würdest du beim Bumsen nicht mal den eigenen Arsch hoch und runter bekommen ...*

Zu Freund Rosentreter, der ihn mitleidsvoll besuchte, sagte er scherzhaft, plötzlich das Ende seines dunklen Taschenkamms mit einer raschen Handbewegung als Bart unter die Nase haltend: „Günsche, sie sorgen dafür, dass meine Leiche nicht lebend in die Hände der Russen fällt." Er schüttete sich über diesen sehr kruden historischen Sprachwitz aus vor Lachen, trotz der Rückenschmerzen. „Günsche, das müssen sie mir versprechen!" Timo quakte in perfekter sprach-artikulatorischer Imitation der gutturalen Stimme des fertigen Diktators ...

Monate später aber blieb sie urplötzlich an einem Wochenende bei Timo, ohne viel zu sagen und ohne viel zu lernen. Sie hatte am Wochenanfang zwei Klausuren zu schreiben. *Gehen diese gut aus, wäre es für mich ein Gewinn, weil sie es nicht bereuen würde, bei mir geblieben zu sein.* Die Variante des Gegenteils hatte der pessimistische Schnelldenker auch parat. Endlich hatte er sie nach unendlich langem Freizeichen am Telefon. Kürzer ging ihr „Jahh?" nicht. Nein, man hätte es unmöglich kürzer und abweisender aussprechen können. „Hier ist Timo. Sei mir herzlich gegrüßt. Was hast du heute gemacht und vollbracht?" meinte er mit diplomatischem und anteilnehmend – höflichen Tremolo in der Stimme. Sie, tonlos: "Nix besonderes. Philosophie kann ich noch mal schreiben." „Was machst du gerade? Wie verbringst du den Abend.

Sie: „Ich stehe auf dem Balkon und rauche." Timo: „Ein schönes Bild, das Aufglühen deiner Zigarette, die Jenaer Berge im Hintergrund. Dir ist heut' nicht nach Reden?" fragte er resignierend. „Nein, ich bin müde, ich wird' schlafen gehen."

„Da wünsche ich dir die schönste Nacht, die es geben kann ..." sagte er mit mühsam bewahrender Chevalereskheit der Stimme. „Gute Nacht!" Da war ein heiter-gequältes Gurren in ihrer Stimme: „Gute Nacht!" Kein Auflösen der Spannung, nichts Konziliantes, gar nix!

Timo konnte damit noch nie umgehen. Nicht vor Jahren, nicht heute. Der Knopf mit dem aufgelegten Telefon-Hörer war kaum gedrückt, da schrie er laut auf und krümmte sich. Seine Sehnsucht zu ihr brach auf wie eine Wunde. Warum hatte er nicht diese Frau?

Es scheint zu den zwischenmenschlichen Zeit-erscheinungen des modernen Mainstreams zu gehören, dass immer dann leidiger Abstand voneinander verordnet wird, wenn man merkt, dass man sich durchaus gut versteht: Das Maß *annährender* Normalität am letzten Wochenende zwischen uns wird natürlich Befremdlichkeit gegen sich selbst *und mich* erzeugt haben, dachte er. Du fühlst Dich vereinnahmt, bedroht, vergewaltigt. Aber ich kann eben nicht neben ihr sitzen wie bei meiner kleinen Schwester oder Tante Hiltrud.

Der Augenblick, an dem das Telefon schellte. Beim letzten Klingeln war es der vorwurfschwangere Rosentreter. „Guuuuht, dass man dich maaahl erreicht!" *Diese verbüchste Trockenseele! Furchtbar, ich lasse mir durchaus ganz leicht n' schlechtes Gewissen erzeugen.*

Beim diesmaligen Klingeln hatte er berechtigte Hoffnung, dass sie es war. Sie war es! *Relativ* kurz angebunden. Klar, logo, mindestens ein Grund sprach dafür … an nix anderes habe er ganztägig mit Bangen gedacht - für diesen Aspekt hatte er nun als Ex-Student und stimmungsunterworfenes Individuum völliges Verständnis - mag Philosophie nicht so gelaufen sein, wie Arina es erwartet und er insgeheim gehofft hatte.

Scheiße, dachte er! Aber sie wartete mit ihrem endgültigen Selbst-Groll und dem gegen die „Mitübenden" nicht bis zur korrigierten Rückgabe. *Was ich selbst für Testate verbockte, wissen die Götter: Ich sehe den Rosentreter noch, er kam Minuten vor mir ins Fachschulgebäude, erfuhr ebendiese Zeitquantität vor mir vom Ergebnis meiner und seiner Russischklausur – Erstes Studienhalbjahr! Alles noch ganz frisch! Völlig vermasselt. Ging auf mich pathetisch zu und sagte mit bitterer Miene: "Breslau ist gefallen!"* Der Auftakt einer lebenslangen Feindschaft zu Fremdsprachen …

Er wettete ein Dampfboot gegen n' alten Hut (und hoffte nichts sehnlicher, als diese Selbstwette zu verlieren), dass sie jetzt einen kleinen Abstand, ne' schmale Distanz zwischen ihnen plante. *Bitte, bitte plane nicht und führe nicht aus,* dachte er verzweifelt an seinem Taschentuch nagend …

Keiner wollte sie an der Rezeption ihrer selbst hindern, am wenigsten Timo, der sich ebenfalls recht gut in Einsamkeit genießen konnte … Als alter Beziehungspraktiker wusste er, dass Ruhephasen vor- und voneinander der eigentliche Kitt der Wiedersehensfreude und Freude aufeinander sind … Sie beide schienen in einigen Dingen so rechte „Einspänner" und wissen isolierend schnell und mit sensiblem Scharfsinn Unstimmigkeiten zu erspüren.

Warum gibt sie sich dem vielleicht mikroskopisch kleinem „Mehr als nur Sympathie" mir gegenüber nicht hin und vergrößert es mit dem Storchenschnabel eigenen sachlichen Abwägens – und der Gewissheit, dass ich ihr wirklich gut bin …

Was er wollte, war eine gewisse Verlässlichkeit. Das Morgen sollte doch in zumindest einigen Dingen dem Heute gleichen… Abbrechen wollte und konnte er nicht. Zum Ersten liebte er wirklich. Zum Zweiten hatte er in diese Beziehung, die wohl nun doch keine werden wollte, ne Menge Zeit, Aufwand und – Geld – hineingesteckt. Ja!!

Auch Geld!!! Ihm reute irgendwie, die Festung ihrer betonharten Sinnlichkeit auch nur anteilmäßig für Andere sturmreif geschossen zu haben und jetzt durch resigniertes Abbrechen den Einzug durchs geöffnete Tor ihrer Hingabe einer jungen Stinksocke zu überlassen, mit der sie das durch Timos Aufwand erzeugte Bedürfnis nach sinnlicher Nähe auslebt, nur weil ... Nein! Gut nun!

Arschloch! Oberarschloch!, dachte Timo und meinte sich nicht selbst damit. Er war von der Wandelbarkeit der Menschen immer wieder aufs Neue irritiert. Timo Balve hatte selbst unzählige Fehler. Intellektuell wie charakterlich. Von seinem Hängelied abgesehen. War er konstant im Fühlen und Handeln? Doch, mit geradezu beharrlichem Phlegma ausgestattet ... Insonderheit zu Dingen und Menschen!

Timo dämmerte es: *Ich kann dir nicht geben, was du erwartest, und du gibst mir nicht, worauf ich mir ein gewisses Recht erworben glaubte.* Zumindest nach den Uralt-Regeln, mit denen seit Beginn der Zeit Männer um Frauen werben! Er erinnerte sich der Worte des abgeklärten Altfreundes, dem er gelegentlich am Telefon sehr verfloskelt dieses Uraltproblem unterbreitete.

Der hub sofort an, zu analysieren: Diese Regeln sind ein wenig kompliziertes Gemisch aus zeitlichem Aufwand, materieller Bestechung, körperlicher Annäherung und dem quantitativen sowie qualitativen Verhältnis dieser drei Komponenten zueinander.

Lass es uns verknappen: Ohne große Worte – und da ist zumindest bei einem der Betreffenden das „große Gefühl", das echte, das Wahre vorausgesetzt - kommt es nach dem Betreiben eines gewissen Aufwandes an Geld, Zeit und Kommunikation nicht zum Gewollten, Angestrebten, kommt es nicht zur Erreichung einer sinnlichen Ebene, bleibt die Sozialität zwischen den zwei Individuen transferfrei, ist das Ganze Unsinn und beschleunigt abzubrechen. Soweit der weise Ralph Rosentreter. Ja, ähnlich dachte Timo natürlich auch darüber, sehr ähnlich ... Aber! Aber was?

Ich scheine nur der alte Teddy mit dem angeknusperten Ohr, in welchen in Notzeiten hineingeheult wird ... und wenn die Angst vorbei ist, fliegt der einäugige Freund mit dem abgeschabten Fell auf die Halde, menetekelte er.

Die wenige Zeit fiel mit ihr so schnell, wie Soldaten in einem technisierten Krieg ... Sie drängte beinahe unhöflich, mit vereistem Gesicht zum Aufbruch. „Das verstehst du nicht!" Durch nicht allzu hohen Neuschnee tapften sie zum Bahnhof. „Ich wusste nicht, dass du mitkommst?" Zwischendrin beantwortete sie hastig piepende SMS auf dem nicht allzu neuen Handy ...wie bereits den ganzen Abend. Sie schien sich selbst woanders zu erwarten. Auch streifte sie – für Timos dahingehende megalomane Empfindlichkeit zweimal zuviel – zweimal den Namen und die Person eines Kommilitonen, eines Johannes. Für den hatte Timo sofort einen sehr unfrommen Wunsch parat! *Schön, dass es wesentlich Wichtigeres gibt, als mich,* dachte der jetzt richtig egozentrische Balve. Ihm tat der Rücken weh ... immer noch der Hexenschuss von vor vierzehn Tagen! Leichte Frostboten des Alterns ...?

Sie steigen die Bahnsteigtreppe aus grauem, verschmutztem Beton empor, mechanisch Schmelzwasser und Schneematsch ausweichend. Ein unwahrscheinlicher Wirbel von Schneeflocken erwartete sie ...

Sie liefen beide mit hochgeklappten Mantelkragen bei raschem Flockenfall durch die Kleinstadt zum Bahnhof. Ein Schneetreiben wie bei Falladas „Goldenen Taler": Die Szene, wo das Mädchen auf den sparsamen und einzigen Sympathieträger der Story namens Hans trifft ...

Erstaunt und überhaupt willig zum Staunen nahm Timo die Flocken wahr. „Wunderbar, wie unwirklich!!" Ein tiefer, warmer Blick stimmte ihm zu. „Du, nächstens fährst du drei Züge eher...also so, als ob du überhaupt nicht bleibst ... und nie da warst." „Nun, wenn du es sagst, warum nicht ..."

Die drei Punkte der Frontbeleuchtung des Regionalzuges tauchten hinter belanglosen Fachwerkgebäuden und dem bedrohlich hoch und rasch fließenden dunkelschwarzen Fluss auf. „Ich bin eben nirgends geborgen, fern an der holden Saale hier verfolgen mich manche Sorgen und meine Liebe zu dir!" zitierte er resigniert und im sinistren Tonfall. „Wer?" „N' richtiger Dichter!" meinte Timo. Goethe natürlich.

Er zog sie mit sanfter Kraft heran. Ihre Lippen blieben starr, sie zuckte nicht weg, entwand sich nicht, entzog sich ihm nicht, aber sie blieben starr ... *Hübschi,* dachte Timo sehr verzweifelt, *wer darf deinen Mund küssen ...?*

Das Ende war da. Wiedermal. Er ging schluchzend durch die rot beleuchtete, weiß zerfressene Schneelandschaft nach Hause, sich und Gott verfluchend und hilflos ... Bereits zwei Tage später holte er sie auf dem heimischen und verschneiten Provinzbahnhof erneut ab. Sie gingen in den Kinoneubau von Timos Kaff. Mag sein, dass der Film überhaupt nicht nach ihrem Geschmack war. Vielleicht war es auch zu kalt. In der abendlichen

Kinocafeteria glitzerten Diskokugeln unruhige Punkte an die roten Wände. „Cooles Interieur!" meinte er herablassend. Es war die Atmosphäre eines Puffs oder eines billigen Varietes; obwohl Timo bislang nicht in solchen war, mutete er dies. „Ich will mir Zigaretten holen." Meinte sie mit hoher Stimme. Wortlos gab er Xenia zwanzig Dinger. Vor seinen Augen tanzten kleine helle Punkte, Sternchen. Bald kam sie wieder. Mit einem „Wird auf die Rechnung gesetzt" gab sie Timo den Schein zurück. Gelangweilt und wortkarg saugte sie an einem pinkfarbenen Strohhalm Coca-Cola. Nach dem Film hoffte er, würde sie bleiben.

„Wann fährt eigentlich der letzte Zug?" „Vor einer halben Stunde." antwortete er resigniert mit leicht aufsteigender Wut. „Wir brauchen ja nicht gleich zu fahren" sagte sie unbeschwert. „Doch! Es hat ja alles keinen Zweck!" Sie standen vor seinem vereisten alten Winterauto. Timo wurde jetzt ernsthaft sauer. Er schmiss den blauen Eiskratzer, der gleichzeitig als Parkuhr diente, knallend gegen eine nachbarliche Hauswand und krachte mit den Autotüren! Das hatte er noch nie gemacht. „Was soll das bewirken, wenn ich die Nacht dableibe, ich bin keine zum Umknipsen!" „Das wäre jetzt nun was ganz Un-gewöhnliches, Unnatürliches zwischen volljährigen Männern und Frauen, nicht?" antwortete Timo, den Gang hochdrehend. Timos Seele war nicht zäh wie Katzenleder.

Jetzt tafelte sie diese blöden Feministinnen-klischees auf: Ich bin nicht Objekt, bin nicht nur Loch ... „Das ist doch Pappe, dass ich dich auf reines Objekt und Loch reduzieren will ... wie viel Metaphysik muss denn noch zwischen potentiellen Partnern herrschen?"

Es war schon so, wie Timo dumpf mutete. Entschuldigen Sie, wenn ich mich als Erzähler hier mehr als unbillig einmische, aber ich will meine Hobbypsychologie in den Fluss des Plots mit einbringen. Alles von ihr war krankhafter Egozentrismus und Unfähigkeit zur Liebe, sie war tatsächlich wohl nicht imstande, wirkliche Bindung an einen Menschen herzustellen, war nicht in der Lage, ehrliche Gefühle und Schuld zu empfangen. Ihre angeblich (der Autor bezweifelt dies bei der - tatsächlich erfundenen - Gestalt seiner Xenia bis zur Stunde) Timo pathetisch gestandene lesbische Vorliebe war doch letztlich nur der Versuch einer plausiblen Ratio-nalisierung der eigenen Bindungsunfähigkeit ...

„Du hattest ja heterosexuelle Beziehungen!" sagte Timo mit bebendem Vorwurf in der Stimme. Sie fing an zu schluchzen: „Und weißt du, wie ich mich danach gefühlt habe? Zum Häuten, zum Hautabziehen, ich kann mit keinem Mann schlafen." Sie wiederholte: „Ich kann mit keinem Mann schlafen!" „Das du's nicht mit mir versuchst, dass du beim A-priori-Glauben verbleibst ... dass so gar nichts für mich spricht ... wir hätten es miteinander versuchen können, es wäre der Kitt unserer metapysischen Beziehung gewesen!" Timo, obwohl sicher kein As in der Kamasutra, meinte bei Gott keine plumpe Rein – Raus – Akrobatik! „Ich soll mit dir schlafen, und du übernimmst meine geistige Bildung!?" „Natürlich hätte es zum Transfer von Ware, von gegenseitiger Dienstleistung kommen müssen. Aber das soll mal alles deine Freundin oder sonst wer übernehmen, Geistigkeit, das *andere* sowieso! Wenn se' s denn kann..." meinte er überraschend sachlich. Das heißt, wir werden uns nicht mehr sehen?" „Du, Xenia, versteh mich recht, ich kann mir einfach auch rein pekuniär keine platonische Beziehung leisten! Ich bin nämlich nicht der göttliche Stinnes!" erwiderte Timo matt. Er bezweifelte, ob sie wusste, wer dieser Industriemagnat der 1920er im Inflationsdeutschland war. Er atmete hastiger. Wirklich, ein Testosteron-Held war er nicht, eher in vielen Fragen zu subtil, feminin.

Als er wieder in sein Zimmer trat, entfernte er rasch die vor dem Computermonitor und unter seiner grünbeschirmten Messing-Tischlampe stehenden selbstgeschossenen Fotos von ihr und legte sie in eine graue Mappe, welche er einschloss. Ihm fehlte sie schon jetzt ...

Ah, beautiful! Manchmal muss man die Kerze eben auspusten, ich bin jetzt wie jemand, der, solange eine Sache am Leben ist, mit den Göttern ringt und sich verzweifelt den Bart rauft, ist diese aber gestorben, ruhig und versucht besonnen zur Tagesordnung zurückkehren, dachte Timo selbstbewundernd. Dieser Gedanke dünkte ihm geradezu dantesk.

Natürlich wusste er, dass die Menschen weder zu hundert Prozent meinen, was sie sagen, noch das sind, was sie von sich glauben. Vielmehr hatte er an sich und Andren nachweisen können, das sie morgens völlig andere Meinungsstrukturen als abends hatten.

Auch würden die „Menschis" nach einem opulenten Festmahl wohl einen Augenblick schwören, nie mehr etwas zu essen, oder nach einem gewaltigen Schiß für Sekunden denken, nie mehr defäkieren zu müssen … oder gar nach' m ausgiebigen Fick … schweigen wir. Diese durchaus grundlegende Erkenntnis war die Wurzel seiner letzten, allerletzten Hoffnung … Ach, was aber war wohl momentan das Schlimmste? Der Gedanke, dass die noch verbleibende Zukunft beider ohne einander stattfinden würde? Was wird aus ihr werden, wie wird sie die nächsten Jahre, das nächste Jahrzehnt verbringen, wer und wie wird ihr nahe sein, wie wohnen … wie wird sie ihr Studium abschließen, was danach tun, mit wem ein Kind zeugen …

Ohne mich, dachte er verbittert, *ohne mich ... in jedem Falle ohne mich ...* Wer wird intensiv an dich denken, Xenia? Was will ich denn? Will ich so unmögliches? Will ich sie einsperren. Zur Sklavenarbeit missbrauchen? Nein, ich hätte sie nur lieben wollen. Die geöffnete Flasche feinen, duftenden Malagas wurde leer. Er ging urinieren. Du hast ihren Hintern gesehen, sprach er vertrauensvoll zu seinem Toilettenbecken, ich nicht! Der Zentralheizkörper in seinem WC summte eine eintönige Melodie. Er dachte trüb an die wenigen Momente unterkühlter Intimität zwischen ihnen ... an die Augenblicke, als er bei einem Winterspaziergang durch einen tief verfrosteten Park ihre Hand nahm, ihre kühle, feinnervige Hand ... dachte daran, wie sie ihm die angerauchte selbst gedrehte Zigarette im Auto in den Mund steckte, just als er nur dran dachte ... oder ihm die geöffnete Seltersflasche überreichte ... dachte an den Augenblick, wo sie bei Pfitznerscher Musik spätabends nebeneinander saßen und er, über ihre Schlüsselbeine streichend, leis tastend ihre Brust, den dünnen Träger des leichten Satinhemdes unterfahrend, berührte. Seine Fingerkuppen fuhren zart über ihre spitzen Brustwarzen. Die Handinnenfläche ertastete ihren Rippenbogen, ihr trommelhartes Bauchfell, ihre spitzen Beckenknochen, ihren Schamansatz (weiter reichte sein Arm zu eigenem Ärgernis nicht und sie tat durchaus nichts, um ihm die Dinge zu erleichtern), er strich mit sehenden Fingern ihre rasierten Achselhöhlen ... Ja, ihre weiße Mädchenbrust, oft Ziel wilden Sehnens ... Was er in seiner rechten Hand gehabt hatte, war gut proportioniert gewesen, sehr fest und überaus ausreichend. Und überall nicht der geringste Ansatz von Überernährung, Fett und Alter ... Wie sehr Timo gegen optisch erfassbare Überernährung allergisch war, wie sehr ihm vor Frauen des eigenen Jahrgangs graute, vor deren erlebbarer Geschichte aus Krähenfüßen, Schwimmringen, dicken Oberbeinen, pfirsichhafter Gesichtshaut, geborenen Kindern ... Sie haben ja keine Ahnung ... Aber sie: Reine Energie ... reinste Energie ... Wie hatte er in diesem Augenblick gehofft, sie würde sich zu ihm wenden ... wie war sein Inneres vergiftet vor Hoffnung in diesem einen nahen Moment ... Hoffnung, die Dinge würden sich so wenden und gestalten, wie zwischen Volljährigen unterschiedlichen Geschlechtes seit langem üblich ...

Die Erwartung war wieder mal größer gewesen als das Ereignis: Sie stand nur ruckartig auf, ging pissen und verwies ihn dann des eigenen Zimmers ... Mit schmerzendem Unterleib und Wut schlief er im Nachbarzimmer auf seinem alten Bett ein. Allein! Wie gerne nur hätte er den Verpflichtungskatalog einer richtigen Bettgeschichte übernommen.

Timos Lächeln wurde kalt und böse. Er glich jetzt einem boshaften, alten und schwarzgeärgerten Papagei. Sogar der Schnabel war schwarz! Schwarzgeärgert! Ein weiterer, ihn sehr bewegender Gedankenansatz war:

Was hast du vor mit mir, Gott, Notwendigkeit, Schicksal?
Wer kommt nach ihr? Für wen und was sparst du mich
auf, Gott, dachte er. *Alles wendet sich noch!*

Nach glücklicher Ausfahrt mit der besternten alten Paul-Braque-Schüssel in eine verspätete, gleissende Winterlandschaft, in der sie sich umarmend küssten, meldete sie sich den Folgetag nicht und war nicht erreichbar ... Ihm schwante nix gutes, zu sehr war er in den letzten Wochen und Jahren über die Wandelbarkeit von Geist und Herz der Menschenkinder informiert worden.

Ihr Gesicht dünkte ihm fremd. Xenia Hauser strahlte bereits beim Abholen vom Bahnhof eisig. Das konnte sie wirklich prächtig. *Wenn mal dein eigenständiges wissenschaftliches Arbeiten in der Universitätsbibliothek so prächtig klappen würde,* dachte er ärgerlich. Er begann plötzlich zu ahnen. Nach außen lächelte er weise-unverbindlich. Wortlos setzte sie sich ins Auto, die Tür fiel in das Schloss. Er plapperte, gehemmt von ihrer noch gemuteten Unterkühltheit, versucht munter drauf los und gab ihr ein paar Schneeglöckchen und Winterlinge, die er zu kurz und hastig für sie im Garten seiner Mutter abpflückte. Es war Sonntag, ein 13. März.

In seiner Stube angekommen, legte Xenia von ihm geborgte Bücher, säuberlich gestapelt, auf seine ältliche und schwarz gebeizte Kredenz. Für ihn völlig unvorbereitet und überraschend sagte sie plötzlich: „Ich will nur meine Sachen holen und dann wieder nach Hause fahren. Ich kann das nicht mehr."

Nur für einen Augenblick hatte Timo das Gesicht einer Plem – Plem – Dogge. Sein Gehirn gab nichts mehr her. Sofort zog er es gerade wie einen Schlips, automatisch legten sich Sorgenfalten auf seine Stirn. „Ich liebe dich aber, zweifelst du daran?" Sie, hastig an einer Zigarette ziehend: „Deine Liebe ist wie ein Vertrag! Willst du eines Tages von mir weggeworfen werden?" „Ja, das wöllte ich, wenn es an der Zeit wäre. Es ist doch ohnehin alles temporär und lokal begrenzt." Xenia wendete Timo ihren sonst schönen Kopf zu. Helles Blondhaar, von welchem eine lange Strähne in ihre Stirn gefallen war, glänzte in diesem Augenblick abweisend. Den vollen Blauaugen-Blick, der mit koalabäraufgerissenen Augen sonst beinahe kindhaft umherschweifte, vermisste er. Beinahe boshaft - verhetzt blickte sie Timo kurz an: „Hier bleibt nichts von mir übrig. Ich will das nicht mehr!"

Wer hat dich aufgehetzt, dachte Timo, *wer hat dich gegen mich aufgebaut,* wiederholte er in Gedanken mechanisch. Dieser Sören oder Johannes, Student in ihrem Fachbereich, von dem sie beiläufig bereits vor Wochen erzählte? Dann, gute Nacht, Sterne dieser Welt.

So ist denn alles, alles Lüge! Ihm fiel das Novial-Filmtabletten-Rezept ein, auf das, von ihr nachlässig in ein Bücherregal ihres Zimmers gesteckt, zufällig sein Blick gefallen war ... Alles, alles Lüge! Anderen mag sie günstiger sein ... Wozu sonst diese Filmtabletten. Keiner braucht und verbraucht ohne Ficken Antikonzeptiva!!!

Trotzdem gab er nicht auf. „Aber ich liebe dich." Sie, herzlos und mit flächig - vereistem Gesicht, im überbetont - rhetorischen Fragetonfall: „Soll ich jetzt aus Mitleid bei dir bleiben?"

Er, sich einen Ruck gebend und aufstehend, sagte dunkel: „Nein, natürlich nicht. Das ist keine Basis. Aber du schienst mir vor drei Tagen durchaus glücklich." Sie schwieg und drehte sich weg. Sie stand die ganze Zeit.

Sitzen erschien ihr bereits als zu verbindlich, zu sehr als kleinster gemeinsamer Nenner, zu sehr als gereichter kleiner Finger ...

Er stand jetzt auch auf. „Ich hätte dich nie unterdrückt und irgendwo eingeschränkt, und da wo ich dich gelenkt hätte, hättest du es vielleicht gern geschehen lassen. Warum gibst du mir und dir keine Zeit?" Sie schaute demonstrativ von ihm weg, er wollte ihre Hand nehmen, die sie ihm rasch entzog. Sie antwortete: „Du widersprichst dich außerdem." Timo dachte ärgerlich, *da bist du aber rasch draufgekommen* und antwortete:

„Wir sind alles nur Menschen, sündige Menschen und weißt du, nur die ganz Doofen widersprechen sich nicht, weil sie gar nicht genug Widersprechendes kommunizieren."

Xenia: „Ich gehe, ich kann auch mit dem Zug fahren!" *Es geht nur um dich,* schoss es Timo durchs Hirn, und die Lust, etwas Grobes zu sagen, überkam ihn.

Irgendetwas über ihre verpatzten Klausuren und der damit sich nun einmal aufdrängenden Frage nach ihrer Studien- und Bildungstauglichkeit generell, Hauptsache irgendetwas Böses, Nachwirkendes, Langanhaltendes … Er sagte aber nur sachlich feststellend: „Da gibst du mir sozusagen den klassischen Laufpass?!" Mit Hebung in der Mitte: „Ja-ha!" Pause. „Wir können Nachmittag noch hier sitzen. Ich fahre mit dem Zug." Nein, ich bringe dich, meinte er ruhig. Er beging einen Urfehler in dieser Situation nicht, nämlich jetzt zu einer großen Abrechnung anzuheben und Dinge zu brabbern, die einem hinterher in der Retrospektive auf den wutgeführten Dialog leidtun. Nein, so dumm wie vor Jahren war er nicht mehr, den Dingen sämtliche latente und künftige Entwicklungsdynamik zu nehmen. Auch wenn hier wohl tatsächlich nichts mehr zu hoffen war. Ihr Haar war rührend durch eine simple, blechfarbene Klemme aus der Stirn gehalten: Timo konzentrierte sich darauf, ihr nicht in die Augen sehen könnend.

Ihm war bewusst, dass es sich um Ausschwitzungen ihrer „verwahrlosten Seele" (übrigens ein Xenia-Zitat) handelte; er würde jetzt, momentan, tunlichst alles vermeiden, was in ihrer Wahrnehmung ihre Entscheidung verfestigen könnte, oh, so dumm war er nicht, jetzt zur großen Abrechnung zu schreiten, die doch an sich völlig nutzlos wäre, so in dem Tenor wie: „Du bist bei weitem nicht so intelligent, wie ich dich hielt" oder „Ohne mich schaffst du das alles nie". Jedenfalls alles, worauf sie sich in ihrem erinnernden Auswerten hätte berufen können, vermied er, ganz Diplomat, ganz Hofmann, ganz Psychologe ... ganz großherzoglich-sächsischer Irrenarzt (ein Titel, den er bei einem Friedhofsgang mit ihr auf einem wintersonneüberfluteten gründerzeitlichen Wandgrab im Vorübergehengelesen hatte)! Wem hätte es auch genützt.

So gab er den Weltweisen, der, selbstverleugnend, an Logik und Vernunft einen kleinen Appell richtete: „Setze dich in deinem Geiste an den aufgeräumten Bürotisch deiner selbst und addiere das vorhandene Verstehen und die Harmonie zwischen uns Beiden, überrechne die Gesamtsituation, überlege es dir, du hast dir keine Tür zugeworfen ..." So oder so ähnlich der Inhalt.

Er vermied alles, was sonst der überraschend Verlassene gerne tut und sagt, um selbst als der Verlassende, Aktive zu gelten ... Trotzdem blieb ihr sein Vortrag ziemlich entlegen.

Blocken konnte sie allerdings wunderbar. Er drehte und bastelte verbal also nicht an der Situationsbedeutung herum, sagte ihr nur im Sachton, wie sehr er sie liebte und dass sie sich alles in Ruhe überlegen sollte. Wissend, dass der Mensch nach dem Essen anders denkt, als davor, dass die Menschis nach dem Scheißen vermeinen, sie würden nie mehr scheißen ... wohl unterrichtet über die Stimmungs-abhängigkeit und Wandelbarkeit der Psyche.

Was wäre auch mit Krach gewonnen? So wusste er, den eigenen Intellekt eitel selbstbewundernd, dass solche Stimmungszustände bei den Menschis „ausbrennen", sich nivellieren, dass auf Ebbe Flut folgt, auf Ausatmen Einatmen. Es lag keine Beruhigung in diesem Wissen um den ewigen Wandel. Schlug er jetzt Krach mit unangenehmen Wahrheiten, fixierte er, völlig unnützlich einen Zustand, den er nicht haben wollte, schlug er keinen Lärm, erzeugte er eine human-ärgerliche Erinnerung in ihr und planierte bestenfalls den Weg für ein eventuelles Zurück. Ne Garantie gab diese Methode leider natürlich nicht ab. Schön für seinen Selbstwert wäre eigentlich die schroffe Lärm-Variante gewesen ... Klar, er war in ihrer Welt auch nicht präsentabel.

Oh Gott! Sie wollte sich piercen lassen, in die Zunge; ohgott, das kommt einem intellektuellen Tabubruch gleich...da muss man sehr viel können und leisten, um sich das „leisten" zu können. Er dachte an sich ... wie er im Studium versuchte, eigenes Leistungsdefizit durch Entsprechung der optischen- und Verhaltenserwartung Anderer, ihm Vorgesetzter, Dozenten etc., aufzupolieren.

War sie eine silberne Schale, in die er goldene Äpfel zu legen versuchte. Ganz gewiss! Das wusste er seit ihrem Piercing-Vorhaben! Die eminente Wesenstiefe hatte sie nicht. Aber hat die überhaupt jemand? Nein! *Der Andere wird auch Grenzen haben ... hoffentlich stößt sie bald darauf,* dachte er ... dieser Student wird wohl ein Mittelding aus vertrauensvoll wirkenden Drogisten und modernen Fußballer sein. Voller Frust und Resignation vergingen die nächsten Tage. Er rechnete nach. Dieserart Enden hatte es bereits wohl ungefähr drei, viermal gegeben. Immer rief sie nach unterschiedlichen Zeitfenstern wieder an und suchte seinen Kontakt. Die Zeitspanne dazwischen betrug beim letzten- und vorletzten Mal gegen zehn Tage. Auf diese vertraute er auch diesmal ungläubig, ob denn wirklich die Menschen so berechenbar sind. Ihre Wut brennt aus, andere geben nicht den geistig-metaphysischen Überbau her, schwupps muss sie den Kontakt suchen ...

So zumindest in Timos gleichermaßen einfältiger wie egozentrischer Selbstwahrnehmung. Aber was ist, wenn's diesmal endgültig ist? Wenn's fixiert ist? Wenn sie wirklich nicht mehr will?

Dann fahr doch zur Hölle, dachte Timo und krümmte sich. Du blödes Stück! Lass dich piercen und mach dich vor Tutoren und Professoren zum Ober-Bummi! So'n Quatsch bedeutete – zumindest bei, na sagen wir mal eingeschränktem eigenem Leistungsvermögen, eineindeutig den Bruch eines universitär – optischen Status – Quo!

Natürlich hat sie irgend 'ne Störung, dachte Timo, jemand Gesundes würde auch keinen Umgang mit dir treiben, und du, lieber Timo, könntest mit Kerngesunden, mit Normalos ja indes wohl auch kaum. Das hatten wir ja schon. Doch, hatten wir tatsächlich! Petra aus dem Nachbarhaus fiel ihm dazu ein, Petra, der er vor zwei Jahren mal kurz, aber intensiv den Hof gemacht hatte; welche es aber vorzog, nach Bereinigung des Beziehungsungewitters, dass sie wohl mit ihrem Fernfahrer hatte, bei dem selbigen zu bleiben. In drei Wochen sollte er erfahren, dass sich besagte Petra recht rasch, sicher nach einer „P 30" – Disko im Parkrestaurant, mit einem Monteur getröstet hatte. „Der arbeitet bei Renault und hat Geld!"

Timo tat sich unendlich leid. Er war wie gelähmt, paralysiert... Nein, ganz entgegen seiner Mutung war er weder in den großen, noch kleinen Welten der Xenia Hauser beheimatet ... Gott, wie er sie liebte. Sein Gefühl würde für drei reichen.

Er brauchte über zehn lähmende Tage, um die entwickelten Fotos aus dem Drogeriemarkt zu holen, die er drei Tage vor dem Ende bei einer gemeinsamen Ausfahrt mit seinem brackigen Braque – Benz der Baureihe „Strichacht" geschossen hatte. Timo wollte sich nicht Zusatzschmerzen einer glücklichen Erinnerung aussetzen: Mit fliegenden Händen schaute er sie sich die Bilder an:

Eine glückliche, gelöste Xenia zeigend, mit der unvermeidlichen Zigarette in der schmalen weißen Hand. Lassiv gebeugt über den Strichacht-Benz. Sachlich-rasch tütete er die Fotos vollständig in ein Briefcouvert, ein paar bittende Zeilen, flehende Worte handschriftlich dazu, Briefmarke „Nationalpark Deutsches Wattenmeer" drauf und ab! Xenia würde sie morgen haben ... Da könnte sie übermorgen Abend anrufen ... Mein süßes Gift, dachte er. Könnte sie? Würde sie? Tut sie aber nicht, lieber Timo!

Wie vor einem Jahr kam Goethes Todestag. Das hat natürlich ein 22. März so an sich. Wiederkehr des Immergleichen. Mit seinem Alt - Mercedes fuhr er zu Ralph Rosentreter und mit ihm in' s jenanahe Weimar zum Mausoleum. Es war spätester Nachmittag und eine ganz diffuse, milchig-sonnige Lichtstimmung. Die Bäume waren völlig kahl, der Winter dauerte dieses Jahr endlos. Schneemassen noch Mitte März! Timo dachte permanent an Xenia. Somnambul-mechanisch führte er mit Ralph Konversation, ließ ihn reden. Belanglosigkeiten. Für Rosentreter völlig zusammenhanglos sagte Timo, auf einer weißen Bank vor der Fürstengruft sitzend und von dieser Position einem schwarz gekleideten Mädchen auffällig hinterherblickend, welches zügig die Hauptallee dieses Friedhofes entlangschritt: „Du, da fällt mir ein Chansontitel der von mir ansonsten nicht so sonderlich gemochten Marlene Dietrich ein:

Ganz ohne Liebe leben kann ich nicht." Rosentreter ließ ein resignierendes Glucksen vernehmen. Seine dicke Brille blitze in einer leichten Drehung des Kopfes: „Was soll ich n' da sagen.", meinte er vorwurfsvoll.

Mehrere bemantelte Kultur-Menschen, darunter ein alter, eindrucksvoller, silbriger Spitzbart mit ihm gleichaltriger blitzender Leica vor der Brust, stauten sich vor der verschlossenen braunen Tür der klassizistischen Grabkapelle und studierten nutzloserweise die Timo bekannten, wesentlich kürzeren Winteröffnungszeiten.

Ohne Rosentreter hätte er es noch bis vor Goehtes Sarg geschafft. Allein aber wäre er heute an der Schönheit des Ortes und an Erinnerungen erstickt. Wie lange mochte und kannte er diesen Friedhof! Wobei ihm heute durchaus nicht der Sinn nach Besichtigungen stand.

Ernüchtert dachte Timo, gleichzeitig Ralph zuhörend, der aus irgendeinem Goethegedicht zitierte – ich glaube es war „Auf Mieding's Tod" – an den Tag in der Universitätsbücherei vor über zwei Wochen. Er hatte ihr bei irgendeiner Semester-Belegarbeit geholfen. Sie saß neben ihm, sehr aufrecht, mit durchgebogenem Rücken, ihr Pullover war hochgerutscht und er sah den entzückend geschwungenen Ansatz ihres weißen Hinterns ...

Abends zog sie ein schiefes Mäulchen, weil nur eine Seite geschafft worden war.

Eine Denkebene, ein Bewusstsein von mehreren, schrie ihn unverwandt an: Ich bin doch nicht die Institution zur Verschönerung deines Lebens; Hübschi, das denkst du dir so in deinem kapriziösen Köpfchen ... Was ist nur zu tun? Was ist zu tun?

„Komm, Ralph, wir rollen zurück!" meinte er plötzlich. Unterwegs polterte es kurz und hart beunruhigend - klappernd aus dem eigentlich gut abgeschirmten Motorenraum des Oldies, was Ralph mit kaum verhohlener Freude konstatierte.

Timo, dem kein Fahrgeräusch seines geliebten Strichacht entging, verdarb es die Laune restlos, rasch und völlig.

Er schaute sich im Spiegel an. Die Akromegalie seiner Nase war ihm bekannt, aber in den schlaffer werdenden Augenringen bildeten sich feine blaurote Adern heraus ...

Stundenlang saß er vor'm Telefon. Dann rief er sie an. Innerhalb von vierundzwanzig Stunden das zweite Mal. Mit ähnlichem Tenor. Ob man was zusammen machen wollte. Zwölf Tage nach dem von ihr initiierten Crash. „Jaha?" Übrigens welch saudumme Form ihrerseits, sich zu melden! „Hier ist Timo, du, woll'n wir heut Abend n' Wein trinken gehen?" Mit einer Schärfe, die ihr nicht zustand; da hätte man wirklich über mehrere angedickte Wochen ne fette faule Bettgeschichte miteinander haben müssen: „Du, ich schreib hier!" „Ah; ach so, sechzehn, achtzehn Stunden hintereinander." Sie: "Nee, natürlich nicht!" „Schreibst du bei wenigstens an deiner Semesterarbeit?" „An was sonst!" „Na ja, an deinen Gedichten und Romanentwürfen?" „Nein!" „Hast du die Bilder bekommen?" „Ja." Einsilbiger ging's wirklich nicht! Oder doch? Nein, genug jetzt! „Ich hatte den Brief hoffnungslos unterfrankiert, hatte deshalb schon n' schlechtes Gewissen." Sie hakte nirgends ein, nahm den Gesprächsfaden nicht auf, nicht ein Funke von Duldsamkeit und Konzilianz. Gut, das war's dann wohl. „Dir morgen ein frohes Ostern!

Tschüß." „Tschüß." Knacken in der Leitung. Sie hatte aufgelegt. Oder war er es? Mehr zum Fallobst machen wollte sich Timo wirklich nicht!

Kokolores, dachte er, *alles Kokolores, die ham' doch alle ne Riesenklatsche, tiefenpsychologisch und so...*

Ralph, dem Timo ein tägliches telefonisches Bulletin seines Herzensleides lieferte, meinte dazu: „Ich würd' morgen gleich noch mal anrufen. Ich würde ein Nein stringent erzwingen. Mit dem kann man nämlich operieren. So, sie schreibt, sagte sie. Das läuft nicht so, wie sie das alles will. Und zuletzt bekommen doch alle das, was sie nicht wollen." Er lachte hämisch - wissend. „Wäre da n' anderer Puba, hätte sie nein gesagt; nein, ich bin verabredet, oder ich hab heut' Abend schon was vor. Erzwinge das Nein! Diese Endgültigkeit wolln' se alle nich' liefern! Könnte ja sein, die Welt stirbt morgen aus und nur du, lieber lahmer Timo, bleibst übrig. Rufe morgen noch mal an und wenn' se sagt sie schreibt, sage, das ist ja wunderbar, aber morgen schreibst du doch nicht. Und wenn sie sagt, doch ich schreibe morgen, sage einfach, gut, da unternehmen wir übermorgen etwas. Setze ihr mit dieser Zwangmethodik die Pistole an, erzwinge eine Entscheidung! Eine gewisse Endgültigkeit!"

Er rief nicht an. Aber er steckte ein Osterei in einem mit ein paar Zeilen versehenen Briefumschlag in ihren Postkasten. Die Schale knirschte, der Briefschlitz war zu schmal. Klingeln tat er nicht, er war keiner, der nicht gewollt wird und dennoch ungefragt kommt. Er fuhr weiter zu Rosentreter, der auf seinem verwilderten Grundstück grillte ... und dachte ganztägig an ihre neurotische Persönlichkeitsstruktur, ihre emotionale Wankelmütigkeit, ihre Launen ... einfach an ihren labilen Geist ... Er dachte an ihre Geschichten- und Romanprojekte. Partiell, jedoch eben nicht überall, voller Überschätzung des eigenen Leistungsvermögens ... *Skribifaxereien,* ungerechtelte er ärgerlich. Du wirst dich im Leben noch putzen, was übrigbleibt! Die Welt wird dich schon deiner selbst berauben, und dachte an ihre skurrile Vereinnahmungsangst. Dachte daran, wie es ist, wenn ihr Pseudo-Groll ausgebrannt, abgekühlt war, und ob er da vom partnerschaftlichen Punkt Null aus anfangen soll, um sie zu werben.

Das er dazu keine Lust hatte und es sich schlicht auch nicht leisten konnte. Fahrt, Museum, Essen, brave Rückfahrt zu ihrer Wohnung, schwesterlich-flüchtige Umarmung, zurückbleibend er mit sich selbst im Auto und wirklich starken Hodenschmerzen und einer Langzeiterektion durch ganztägige Erregung ihrer Nähe, ihres Duftes, ihrer sich unter dem hellen Pullover abzeichnenden Brüste ...

Wollte er das? Er wusste zumindest, was er nicht wollte! Und sich die Welt ohne den Anderen, die einem noch verbleibende Zeit ohne sie vorstellen zu können, war im Augenblick endgültig scheinender Getrenntheit bei eigenem konstant starkem Gefühl zu ihr ohnehin unmöglich. Was wird sie tun, was aus ihr werden? Wem wird sie angehören, wohin verschlägt es sie? Wie wird sie in fünf oder zehn oder gar zwanzig Jahren sein, wie aussehen …? *Alles ohne mich,* dachte Timo jammervoll.

Er wusste, hier schien die Natur wegen der Vereitlung ihres Vorhabens zu trauern, hier trauert ungeborenes Leben, sich gefühlsmäßig manifestierend über den Umweg der vorhandenen Kreatur …

Hast du deinen eigenen Partnerwert hier völlig falsch bemessen? Ja! Man begegnet seinem eigenen Denken, seiner Meinung in diesen Situationen zweimal, nämlich mit unterschiedlichen Grunddeutungen, dachte er. Es gibt in dieser Situation ja auch nur zwei Axiome!

Einmal mutet man, dass das Boot, welches den Anderen von sich wegträgt, zurückkommt; ein anderes Mal, und zwar gleichzeitig, weiß man, es kommt nie mehr…

Ich weiß, dass noch was kommt, dachte er; *dies ist nicht das Ende, wie du es jedes Mal gedacht … wieder ein Läuterungsring be- und durchschritten …*

Alles bleibt so wie's ist, nur schlimmer...die Hölle, das sind die Anderen. Ich weiß, dass noch irgendetwas kommt, sie wird leben, ich werde leben, sie wird Kinder bekommen, es werden nicht meine sein...sie wird leben mit sich selbst; sie schien immer sehr mit sich selbst befreundet zu sein. Nein, nicht dass dieses ein Nachteil wäre. Wird sie mit einem Anderen leben?

Der Gedanke daran schien Timo nur noch wenig aus der Fassung zu bringen, zu oft hatte er es schon erlebt, das von ihm geliebte Personen nach Jahren ganz entlegen waren, die Gedanken an diese noch nicht einmal mehr traditioneller Natur wurden und gänzlich verdorrten. *Wenn es doch nur bei Xenia bereits soweit wäre,* dachte er und heulte stumm und tränenlos ... stumm und tränenlos ...

„Als Mann machst du dich nicht zum Bummi, vielleicht ein wenig als Timo, aber als Mann vergibst du dir doch nix, wenn du da noch mal anrufst." „Und was habe ich von diesem Anruf, was ist damit zu erreichen?" „Einen noch höheren Grad an Gewissheit, bestes Timochen!

Und davon kann man nie zu viel haben. Auch ein schlechter Stand ist ein Stand!" Nun gut, es schien bei Timo so zu sein: hatte er sich einmal eine Sache in den Kopf gesetzt, gab er nur schwer auf, selbst wenn sie aussichtslos und sinnlos zu werden schien ...

Eine Entscheidung erzwingen ... dem Anderen zum Nein zwingen...

Und so begab es sich, dass es zu einem letzten Anrufen kam. Was heißt hier überhaupt „letzten"? Am Ende, als letztes, endgültig abschließendes Element steht der Tod, und von dem ist in unserem Plot nicht einmal die Rede. Er rief sie auf ihrem Handy an, gegen 21 Uhr. „Ja-hhh?" „Hier ist Timo. Einen herzlichen guten Abend. Wie geht es dir?" Xenia ohne Wärme, ohne Teilnahme: „Gut." „Hast du deine Belegarbeit geschafft?" „Ja." Timo, in der Hoffnung, sie zum Reden zu bringen, in der aufkeimenden irrwitzigen Hoffnung einer Kriegswende: „Ich sitze gerade über Korrekturen einer Schrift. Wie läuft das Studium?" „Gut, is' halt alles wieder losgegangen."

„Erzähl halt ein bisschen." „Da gibt's nix zu erzählen." „Sehn wir uns mal?" Mit Härte, unangenehmer Ruhe und etwas zu lang antwortete sie: „Nein!" Er: „Gut, das ist deutlich, deutlich genug und sehr klar formuliert; Adieu, Xenia!"

La comedia est fini! Beinah erleichtert legte Timo den Hörer des Schnurlosen piepend auf den blinkenden Kasten. *Gut. Gut. Gut, da geht' s halt nicht,* dachte er brechend, *dergleichen soll ja vorkommen. Mag irgendwann die Stunde der rückerinnernden Wahrheit in ihr kommen, diese berühmte „heur du verite": Den siehe, dachte er, sie trennte sich ja nicht unter dem Einfluss größter Schrecknisse von mir, sondern ohne jedweden Kasus, der in einem aktiven Ereignishorizont begründet liegt - einseitiger Betrug, gegenseitige Beleidigung, Entwertung -, doch wohl durch Einflüsterungen, von ihr selbst, ihrer antisozialen Seele, oder auch fremden Schwatz ihres Therapeuten … Diese Nebel werden schwinden, ob bald, ob in drei Jahren … zurück wird von unserer kurzen gemeinsamen Zeit ein Bild meinerseits bleiben, geistig-intellektuell zumindest, welches rein und makellos erscheint. Rein und makellos,* wiederholte er nochmals in Gedanken, eitel und mit wenig Selbstreflexion: *Mein Bild ist rein und makellos. Rein und makellos!*

Als es unklar gewesen, als er um eine geklärte Reaktion ihrerseits zwar geahnt, aber noch nicht um die alles zwischen ihnen Gewesene, negierende Kurzbrutalität ihres „Nein!" gewusst, hatte er sich den Bart gerauft, gejammert, getobt, geschrien, gefleht. Jetzt aber schickte er sich klar, besonnen und ruhig drein. *Gut* dachte er, *gut.*

Ruhig atmend sah er sich wieder auf der Straße der Suche, auf der Straße der Erfolglosigkeit und Einsamkeit. Aber er wusste plötzlich, dass es ein Danach gibt.

Irgendwas wird kommen, kreisten seine Gedanken. *Irgendetwas wird noch kommen ... Gut, Xenia, ich konnte dich nicht von mir überzeugen, mitnichten. Deine Kritiklosigkeit gegen Systeme, die sich laut, bunt und normal scheinend geben, ist eminent!* Blondi, dachte der verärgerte und etwas durcheinander geratene Timo: *Blondi! Für wen habe ich dich vorbereitet? Gut vorbereitet! Der Andere wird nie von mir wissen. Oder doch? Ein paar Fotos?*

Timo handhabe seit seiner Teenagerzeit den Fotoapparat mit eigentlich relativ großer Virtuosität und teils durchaus beachtlichen Ergebnissen. Er selbst war nie mit darauf. Manchmal sein Schatten. Nur Xenia. Oft eine gelöst lächelnde Xenia. Eine sehr gelöst lachende Xenia. Sowas wird Fragen aufwerfen. Oft Xenia vor verfremdet märchenhaft - unwirklich aufgenommenen mittel-deutschen Landschaften, zierlich neben dem wirklich monströs und absolut unwiederholbar wirkenden Strichacht-Daimler-Wagen. Ein Funken hämischer Freude erfüllte Timo plötzlich: Der Andere wird fragen. Sie wird antworten. Oder vielleicht auch nicht. Ich werde als Dritter in ihrer Runde verbleiben, sozusagen eine geistige Menage–a-trois!

Ein Beziehungsspuk! Dieser Gedanke dünkte ihm in seiner Groteskheit fast dantesk ...

Er selbst hatte sowas – als Betroffener - bei zwei seiner Freundinnen durch! Scheiß Circulus vitiosus! *Hat sie dich so beeindruckt*, fragte er sich. Sie hatte. Natürlich hatte sie. Denn in ihr manifestierten sich alle seine Momentanwünsche. Es hätte auch eine *ganz andere*, einer seinen Präferenzen entsprechende Frau sein können, in deren physischer Anwesenheit sich seine Unfähigkeiten und die eigene libidinöse Wunschstruktur verdichteten.

Der Sternenhimmel meiner Zweierbeziehungen scheint vermint, dachte er, und dazu ein drastisches Schimpfwort, welches wir entschuldigen und nicht wiedergeben wollen, weil er irgendetwas Schlechtes über sie denken mochte und musste, um sich zu beruhigen.

Timos großformatige Buchgeschenke, darunter eine relativ wertige Kunstgeschichte des beginnenden 20. Jahrhunderts und n' paar kleine, aber hübsche und durchaus alte Kunstsachen, hatte sie bis zum finalen Ende kommentarlos und mit dem Selbstverständnis regierender Herrscherinnen, ja Königinnen, mit elegantem Selbstverständnis angenommen.

Miststück, pickst dir' s Beste raus … aber das rächt sich irgendwann, und dann sind's wieder mal die bösen Männer. Wo ist hier die Ungerechtigkeit, dachte er:

Das sie es sich und ich es mir zu nahekommen ließ, und die eigentlich nur geringen Vorzüge dieser Verbindung, die ja doch keine war, bis zuletzt mit vollen Zügen annahm und Hoffnungen dadurch passiv nährte … Scheiße! Und doch gut: Man stelle sich vor, sie wäre mit Grandezza und fair geschieden, des Ärgerns wäre ja kein Ende mehr bis in alle Ewigkeiten …

Das große Goethebild an Timos grauer Flurwand blickte ihn stumm an. Es war der Dichter als Enddreißiger, en face genommen, und er schien ausdruckslos und geheimnisvoll wie eine Sphinx stumpf auf Timo herabzublicken. Goethe schickte Schuberts Lieder zurück. Er mochte Wilhelm Müller aus Dessau nicht, weil der ne' Brille trug! *Mein Wächter,* dachte er still. *Das sich die Dinge so auflösen sollten, zumindest ansatzweise.*

Still stöpselte er eine am Vorabend angefangene Rotweinflasche zu. *Heute nicht,* dachte er. Er dachte es mit Bestimmtheit. *Heute wäre es wirklich nötig, deshalb nicht! Nicht deshalb. Die Dinge sind in so eindeutig klar - scheißigem Fahrwasser, du hast's nicht nötig, den eigenen Sichtwinkel mittels helfenden Rotspons* (übrigens eines mittelguten Spätburgunders) *zu beschönigen.*

Ihre Worte schwangen und zischelten wie sehr, sehr böse und wunderschlaue Schlangen im Dickicht seines Erinnerns nach: „Hier bleibt nichts von mir übrig!" Er spürte noch die Spitze ihrer Zunge ... ihr leichtes Saugen an seiner Unterlippe beim ersten und einzigen Kuss. Vor seinen Augen tanzten kleine Pantoffeltierchen. Helligkeit fiel von draußen ins Zimmer. Timo hörte Klavierakkorde. Er hörte genau, wie die Hämmer die Saiten anschlugen und deren charakteristisches Klirren. Sein Geist narrte ihn. Wurde er mit seinen Weltwahrnehmungen noch fertig?

Schluss, einschließlich monatelanger Unterbrechungen und Menetekel in diesem langen, langatmigen soziologischen Steeplechase um ihre Gunst, war doch schon dreimal (Oder viermal? Er wusste es nicht mehr!) gewesen. Komisch, das müsste er doch eigentlich wissen?!

Diesmal aber war Timo nicht mehr bereit zu warten. Er schüttelte seinen Kopf, wie über etwas äußerst Verwunderliches, Unsinniges, Liederliches, fast so, als hätte er sich in einer Adresse geirrt und schritt rüstig auf der sich zum Horizont sehr verjüngenden Chaussee seiner Existenz aus. Er ließ sich selbst wie einen klagenden und lamentierenden fußkranken Bettler zurück und ging weiter. Er ließ s i c h hinter sich. Timo hatte seine Ichheit am Wegesrand sitzengelassen, hatte sich selbst gelassen und nichts für sich behalten.

Er wich und blickte erstmalig nicht zurück. Hatte er sich tatsächlich in der Wunsch- Adresse geirrt?

Man(n) darf sich nicht zu sehr an sich selbst binden, nicht allzu sehr in das Einseitige der Begehrungen seiner Wunschmaschine stürzen, dachte er mehr froh als resigniert. Mehr doch an die Notwendigkeiten. Und Gegebenheiten, ergänzte er schnell. Was ist hier die Essenz, dachte er ... Nur keine höhere Bedeutung suchen: Es geht wohl nur um das Erleben. Auch dieses erlebte Spektakel nur zur Betrachtung und zum Erleben, die Bedeutung liegt bereits in der Handlung. Und meine eigene Bedeutung? Ich existiere und nehme den Moment war ... den Moment des Zutagetretens ... es ist ein Mysterium immerwährenden Auftauchen des Leidens ... ein ewig sich in Dunkelzonen drehendes Mühlrad ... mag sein, dass ich meine Ziele nie erreiche, aber ich kann mich doch an ihnen erfreuen ...

„Lass singen Gesell, lass rauschen und wand're fröhlich nach, es gehen ja Mühlenräder in jedem klaren Bach..." Es gehen ja Mühlenräder in jedem klaren Bach!

Ende

Ad spectatores:

Natürlich ist jeder von uns einmal mit dem Achsenbruch der eigenen Persönlichkeit oder des Herzens dran: Dann ist Literatur, spätestens seit dem Werther, auch Ventil und Feuermelder. Traumatisierten gelingt oft nur durch seismisch reflektierendes Schreiben Überleben und Weiterleben.

Die Zeilen drehen sich hinter dem offenkund Wahrnehmbar-Lesbaren um zwei Grundfragen, die hier für den Leser spießig – belehrend angesprochen werden sollen: um Dinge und Umstände, Inhalte unseres Lebens, die notwendigerweise und aus sich selbst heraus ins Dasein zu treten scheinen, fast rein aus physischer Notwendigkeit. Man scheint also nur tun und lassen zu können, was „grad' dran" ist. Die eigene, scheinbar so freie Entscheidung folgt Notwendigkeiten, die sich aus den vorhandenen Umständen und deren Ursachen ergeben. Unser Los scheint Entsagung und unwilliger Behelf mit uns durch ihre temporäre Quantität, die Dauer ihres Erlebens knapp gutdünkenden Notlösungen zu sein. Ein Satz, eine Feststellung, resignativ, aber wohl von vielen durchlebt und verstanden. Schopenhauer schrieb darüber in der von ihm oft berührten Thematik, ob den nun der eigene Wille, das eigene Wollen frei sei ...

Aus dieser Erkenntnis konsequent schlussfolgernd, könnte man sich trotzig, wie unser Timo Balve und seine verschattete, überbewertete Dulcinea, allein einer Überbewertung der Form zuwenden: Aha! So wenig Eigenentscheidung, nur die Ursache und Folge einer bis ins Unendliche zurücklangenden Kette von Ursachen, Wirkung, Überleben - Wollen, deshalb zum leichteren Gewicht greifend, satt werden wollend, deshalb zum vollen und nicht zum leeren Futternapf langend... So ist das also! Und was bleibt einem dann noch?

Die Form, die Geste! Seit der Erkenntnis der eigenen Unindividualität im Handeln erkannte auch Balve den hohen Wert der Form ... und flüchtete sich in diese. Freute sich ins Unendliche über den subtilen Schwung eines schön geschweiften Tischbeines, die edle, überlenkte Streckung einer bronzezeitlichen Fibel, die leuchtende Farbe einer Zimmerwand. Üppig, weichlich im Sehen!

Die Form ist eine wunderliche Gesellin, sie schreitet kaum weiter, erneuert sich nicht. Sie bleibt, inmitten von Veränderung. Sie ist ehrlich: Form spricht, schwatzt; sagt über ihren Inhalt aus, eben durch ihr Aussehen ... durch ihre Form: Man kann Freude entwickeln, Freude über Anzugordnungen, welche der habituellen Mittelmäßigkeit seiner Umgebung Ohrfeigen verteilen, oder über edel erscheinende Armbanduhren, reizende

Naturgedichte, gute Novellen und bessere Parfums. Es nützt nix! Dies gleich vorweg!

Das Reich des Geistigen, Unzerstörbaren, nicht Entziehbaren, keinesfalls zu nehmenden und das schöne Land der bis ins Einzelne gemodelten und beeinflussten Form wurde ihm zum Dasein, es sollte indes uns *alle* mehr erfüllen ... jenseits vom „Stübchendenken" unserer nahen, sozialen Umgebungen, jenseits des gesellschaftlich - allgemein sanktionierten Lügen- marathons und der langatmigen, selbst sich und andere belügenden Atommärchen unserer geschädigten Prota- gonisten des Büchleins.

„Die Gunst eines sehr schönen Weibes durch seine Persönlichkeit allein zu gewinnen, ist vielleicht ein noch größerer Genuß für die Eitelkeit als für die Sinnlichkeit (...). Darum auch ist verschmähte Liebe so schmerzlich, besonders wenn mit gegründeter Eifersucht vereint."

Arthur Schopenhauer, Die Welt als Wille und Vorstellung, I Band, S.402

Über den Autor

- 1965 im thüringischen Rudolstadt geboren

- studierte in und nach der Wendezeit in Leipzig Museologie

- knapp ein Jahrzehnt Museumsleiter eines kleinen Thüringer Stadtmuseums

- wohnt seit über zwei Jahrzehnten in einem mit Antiquitäten vollgestopften, knapp 400 Jahre alten, selbst sanierten Bürgerhaus in Rudolstadt, viele Veröffentlichungen in historischen Periodika und Heimatliteratur sowie Novellen, gesellschaftskritische Essays und Erzählungen ...

Im gleichen Format, Aufmachung und Verlag erschienen vom Autor *u. a.*:

Zangengeburt eines neuen Zeitalters – Grundirrtümer des Jetzt. BoD. Norderstedt 2021.

Zangengeburt eines neuen Zeitalters –
Zweiter Versuch. BoD. Norderstedt 2022.

Die Erinnerung des Raben – nur der Schein trügt nicht.
Novelle. BoD. Norderstedt 2022.

Was wir zu Corona sagen. Zwei Erzählungs-Fragmente.
BoD. Norderstedt 2022.